ナゾノベル

怪《かい》ぬしさまシリーズ

幽霊屋敷予定地

著　地図十行路
絵　ニナハチ

朝日新聞出版

CONTENTS
目次

CHARACTER
登場人物

「夜遊び同盟《どうめい》」

それぞれに事情《じじょう》があり、
夜に家を出ることができる
中学生の集まり。
「怪異《かいい》多発地帯」と呼ばれる
今羽《いまわ》市《し》帯多田《おびただ》で活動している。

紙多《しだ》いづみ

冷静で落ち着いた性格《せいかく》の女子。
かれた声を気にして、
ふだんからマスクをしている。

シジマ

帯多田《おびただ》の町にはびこる怪異《かいい》の一つ。
孤独《こどく》でさびしがりやで、
夜にしか出会うことができない
怪異《かいい》だとうわさされている。

的《まと》場《ば》竜《りゅう》之《の》介《すけ》
ちょっと不良っぽい雰囲気《ふんいき》の男子。
気分屋だが、行動力がある。
片《かた》瀬《せ》千《ち》登《と》世《せ》
やさしくて、おだやかな性格《せいかく》の男子。
みんなのお兄さん的存在。
柊《ひいらぎ》楽《ら》央《お》
明るく、テンション高めの女子。
怪異《かいい》の話にくわしい。

プロローグ

「惨劇《さんげき》を計画するにあたって、今からかんたんな意識調査《いしきちょうさ》を行います」

特徴《とくちょう》のない声が、住人たちに向かってそう告げた。
住人たちは、どうやら近々、この家で惨劇《さんげき》を起こす予定らしい。
不思議だった。
住人たちは、みんなとても仲が良さそうだったから。
俺《おれ》は今、彼《かれ》らのいるリビングから離《はな》れた部屋で、彼《かれ》らの会話だけを聞いている。
彼《かれ》らのほうは、俺《おれ》がここにいることにもたぶん、気づいてない。
だけど、俺《おれ》は知ってる。
この家の住人たちは、「家族」であるおたがいのことを、大切に思ってるって。
それなのに――……。
彼《かれ》らの暮《く》らすこの家で、本当に、惨劇《さんげき》なんて起こるんだろうか？

「第一問。ほかの三人の中から、あなたが一人選んで殺すとしたら」……

特徴《とくちょう》のない声が、意識調査《いしきちょうさ》──アンケートの質問《しつもん》を、そして回答を読み上げる。
誰《だれ》が、誰《だれ》を、殺す相手に選ぶのか。
その答えが、さらけ出される。
さらに続く第二問で、その理由が明かされる。
なぜその人を、殺す相手に選んだのか？

ある住人の回答は、こうだった。
『身体能力《のうりょく》の差が最も少ない相手だと思うから』

ある住人の回答は、こうだった。
『あみだくじ』

ある住人の回答は、こうだった。

『頼《たの》んだら、いちばんすんなり殺させてくれそうだから』

ある住人の回答は、こうだった。

『いちばんリアクションが良さそうだから』

四者四様の回答に、俺《おれ》は興味深《きょうみぶか》く耳をかたむける。

そうしているうちに、なんとなく、わかったことがあった。

彼《かれ》らはたしかに仲のいい「家族」だけれど、彼《かれ》らにとっての〃最悪の結果〃は、きっと一人一人ちがっているのだ。

それぞれの〃最悪〃を避《さ》けるために、彼《かれ》らはぶつかり合うのだろうか？

そうしてたどり着く結果が、惨劇《さんげき》なのか？

そんなことを考えて、俺《おれ》は、なんだかさびしい気持ちになった。

どうしてなのかは、わからなかったけど。

第1章

ここから先は立《たち》入《いり》禁《きん》止《し》

またた。ここもまた【立入禁止《たちいりきんし》】。

これでいったい何回目だろう？

コンビニの駐車場《ちゅうしゃじょう》の前で足を止め、四人は顔を見合わせた。

「こまったっすね〜。ここらへんのコンビニ、スーパー、ドラッグストア……今日は、もしかして全滅《ぜんめつ》っすか？」

なんで〜？　と、楽央《らお》は疲《つか》れきった声をこぼす。

「店は営業《えいぎょう》しているようなのに、不可解《ふかかい》だな。……台風が近づいてきているせい、というわけでもないだろうに」

いづみは眉《まゆ》をひそめ、濃色《のうしょく》のマスクの下でつぶやいた。

「あーもうっ。なんなんだよ、ったく！　のど渇《かわ》いてるってのによおっ！」

竜之介《りゅうのすけ》はイラ立ちまかせに、立入禁止《たちいりきんし》の札を下げたバリケードを、ガンッと蹴飛《けと》ばした。

「やめなさい、リューノ。もう少し行ったところに、たしか自販機《じはんき》があったから。飲み物はそこで買おう？　ね？」

千登世《ちとせ》は竜之介の肩《かた》をつかんで、おだやかな声でたしなめ、ほほ笑《え》んだ。

柊楽央《ひいらぎ》。紙多《しだ》いづみ。的場《まとば》竜之介。片瀬《かたせ》千登世。

立入禁止

以上四人は、去年の夏に〈夜遊び同盟《どうめい》〉というグループを結成した。

メンバーの共通点は、四人とも中学生だということ。

それから――夜、家の人に気づかれずに家を抜《ぬ》け出《だ》せる、ということ。

そんな〈夜遊び同盟《どうめい》〉は、今日も今日とて夜の町を散策《さんさく》していた。

同盟《どうめい》、なんてごたいそうなグループ名ではあるけれど、その実態《じったい》はほとんど「夜の散歩愛好会」みたいなものなのだ。

現在《げんざい》の時刻《じこく》は、二十一時半を少し回ったころ。

いつもの彼《かれ》らにとっては「夜はまだまだこれから！」な時間である。

だが、今夜ばかりはそうもいかない。

いづみの言ったとおり、今は台風が絶賛接近中《ぜっさんせっきんちゅう》。

あと一時間もすればこの町は暴風域《ぼうふういき》に入り、深夜ごろには雨風の勢《いきお》いがピークになる見込《みこ》みだった。

「夏場の台風はそれてくれたのに、今度のやつはたぶんこのまま、直撃《ちょくげき》っすね～」

湿《しめ》った風を浴びながら、楽央は八重歯《やえば》をのぞかせ、うひ～っと笑う。

ひときわ強い風に、いづみの長い髪《かみ》が吹《ふ》きみだされて、となりにいた楽央の顔にまとわりついた。

「うわぷっ！」

「あ、すまん楽央。……目に当たったりしなかったか？」

「う～。だいじょうぶっす～」

「イヅ、ヘアゴムいる？　貸《か》そうか？」

「……ありがとう」

千登世は、かばんに入れていたポーチからヘアゴムを取り出し、いづみに渡《わた》す。

風が弱まった頃合《ころあ》いを見て、いづみはすばやく手ぐしで髪《かみ》を整え、ざっくりと三《み》つ編《あ》みを作って留《と》めた。

千登世も、風で崩《くず》れたハーフアップの髪《かみ》の毛《け》をほどき、首のうしろで一つに束ねる形に結び直した。

そのあいだに、竜之介は自販機《じはんき》で炭酸《たんさん》飲料を買い終えていた。

「んじゃ、そろそろ解散《かいさん》しますか～」

楽央は、自分もついでにジュースを買って、なごりおしそうにため息をつく。

「ラオンは、今日もイヅのとこに泊《と》まるの？」

「はい、親にもそう言って出てきてますし～。いづみさん、いつも感謝《かんしゃ》っす～」

「それはいいんだが。……楽央。本当に、今日もうちに来るのか？」

いづみは無表情《むひょうじょう》のまま、そのささやき声に、ほんの少し心配の色をにじませる。

「こんな天候だと、あの離《はな》れはかなり風の音がうるさいぞ。もしかしたら、雨漏《あまも》りもあるかもしれない。……自分のアパートに帰ったほうが、よほど寝心地《ねごこち》はいいと思うが」

「いやいや～。むしろそういうのこそっ、台風の日の醍醐味《だいごみ》じゃないっすか。風の音とか雨《あま》漏《も》りとかで、いっしょにキャーキャー言いましょうよ～」

「……たしかに。あなたは、ここぞとばかりに騒《さわ》がしくしそうだな」

二人のそんなやり取りを聞きながら、竜之介は物言いたげに千登世を見る。

その視線《しせん》の意図をくみ取って、千登世はにっこり笑った。

「リューノ。家に帰らないなら、今日はうちに泊《と》まりに来なさいね」

そう言われて、竜之介はホッとした顔になった。

「それじゃ……」

「さよならっす～」

「おう」

「気をつけて帰るんだよー」

四人は口々にあいさつを交《か》わし、女子二人、男子二人に分かれて解散《かいさん》した。

こうして、本日の夜遊び同盟《どうめい》の活動は、お開きになった。

——はず、だった。


「……なんだ、これは」

自宅《じたく》の庭の前で、いづみは立ち止まって眉《まゆ》をひそめた。

楽央も、いづみの横でやむなく足を止める。

いづみの家は庭つきの古い日本家屋で、母屋《おもや》とは別に、いづみが自室として使っている離《はな》れがある。

庭の裏口《うらぐち》を使えば、母屋《おもや》の前を通ることなく離《はな》れに出入りできるので、家の者に気づかれずに抜《ぬ》け出《だ》すことも、夜中にこっそりもどってくることも、かんたんだった。

だから今夜もいつものように、何食わぬ顔で裏口《うらぐち》から庭に入ろうとした。

ところが、そこに奇妙《きみょう》なものが置かれていたのだ。

——【立入禁止《たちいりきんし》】の札を下げたバリケードが。

「どうして、うちの庭の前に。……出るときには、こんなものはなかったぞ」

「なんか、台風に備《そな》えて置いたとか、ですかね～？　こっちの戸ってかなり古いですし、なんか危《あぶ》なくなって、とか……」

言いながらも、楽央は自分で自分の言葉に首をかしげた。

「どうします～？　いづみさん。無視《むし》して入りますか？」

「……一応《いちおう》、表のほうに回ってみよう」

二人は庭を囲む板塀《いたべい》と生《い》け垣《がき》に沿《そ》って、ぐるりと表の門へ回りこんだ。

けれど、そこにも同じように、【立入禁止《たちいりきんし》】のバリケードが立ちはだかっていた。

「……これは」

「あ、アパートの裏《うら》から庭に入ったら、どうっすかね？」

いづみの家は、楽央が住んでいるアパートの裏《うら》にある。

そっちのルートから離《はな》れにもどることも、できなくはない。

しかし、アパートの建物の前まで来てみると。

そこもまた、同じようにバリケードでふさがれていた。

湿《しめ》った夜風が吹《ふ》きすさぶ中、二人はぼうぜんとして立ちつくす。

そのとき、楽央のスマホが鳴った。

千登世から、電話の着信だった。

「もしもし？　千登世さん……どうかしたっすか？」

『ああ。いや、それがね……おかしな話なんだけど。あ、イヅも今、そこにいる？』

「はい」と答えながら、楽央はスピーカー機能《きのう》をオンにして、いづみに目くばせした。

楽央もいづみも、いやな予感を覚えていた。

『こっちは今、リューノといっしょに、ぼくの家の前にいるんだけど。家に、入れなくなってるんだ。えっと、ほら、あの……今日、やけに町のあちこちで、【立入禁止《たちいりきんし》】のバリケードを見かけたでしょ？　あれと同じものが、家の入り口の前にあるんだよ』

それを聞いた楽央といづみは、やっぱりか、という思いで顔を見合わせる。

「千登世さん。じつはこっちも、まったく同じ状況《じょうきょう》なんすよ」

『えっ……』

「これって、ひょっとして、あれなんすかね。帯多田《おびただ》には、よくあるっていう――」

今羽市《いまわし》帯多田。

夜遊び同盟《どうめい》の四人が暮《く》らす、この町の名前だ。

帯多田には、山も港もあれば、繁華街《はんかがい》も田園地帯もある。

そして――「怪異《かいい》多発地帯」と呼《よ》ばれるくらい、たくさんの怪異《かいい》のうわさがある。

この奇妙《きみょう》な事態《じたい》はきっと、帯多田にはびこる怪異《かいい》の一つにちがいない。

「ね～。誰《だれ》かこの怪異《かいい》のこと、知らないっすか？　あるはずのない場所に【立入禁止《たちいりきんし》】のバリケードを見つけたとき、どう対処《たいしょ》すればいいのか、聞いたことないっすか～？」

楽央のその質問《しつもん》に、誰《だれ》も答えることはできなかった。

マイナーな怪異《かいい》、遭遇率《そうぐうりつ》の低い怪異《かいい》、生まれたばかりの新しい怪異《かいい》……などの話は、帯多田に住んでいるからといって耳に入ってくるとはかぎらない。

楽央もまた、どうしていいかわからずに、

「とりあえず～。もう一回、集合しません？」

そう提案《ていあん》して、楽央のアパートと千登世の家との中間地点で、落ち合うことにした。

四人がふたたび合流したときには、町はすでに暴風域《ぼうふういき》に入っていた。

「まいったねえ。早く家に帰らないと、そろそろ雨も降《ふ》りだしそうだよ」

「ってか、もういざとなったら、バリケード無視《むし》するしかねーんじゃねーの？　あんなわけわかんねー【立入禁止《たちいりきんし》】に、バカ正直にしたがう意味あるか？」

「それは――どうやら、まずいみたいっすね～」
スマホの画面に目を落とし、楽央は言った。
「じつはあたし～、ちょっと前から匿名掲示板《とくめいけいじばん》で、帯多田の怪異《かいい》の話を集める活動してんすよ～。んで、さっき【立入禁止《たちいりきんし》】のバリケードのこと投稿《とうこう》して、情報募集《じょうほうぼしゅう》したんすけど」
引きつる笑《え》みを浮《う》かべつつ、楽央は、ほかの三人にスマホの画面を見せる。
三十分ほど前に投稿《とうこう》したばかりのその書きこみには、すでにいくつか返信がついていた。
［わたしも見たことあります。ぜったいこんなところに置かないだろ、ってところにある不思議なバリケード。怪異《かいい》かなってそのときも思ったんですけど、やっぱりそうなんですね。］
［街中でトイレ探《さが》してたとき、あらゆる店と公衆《こうしゅう》トイレにバリケード置かれてたことあるよー。あんときは絶望《ぜつぼう》した😇］
楽央は画面をスクロールして、さらに返信を表示《ひょうじ》する。
すると、
［その【立入禁止《たちいりきんし》】を無視《むし》してはいけません！］
と、さっきの二つとはうってかわって、語気の強い文章が現《あらわ》れた。
［帯多田の町でおかしな【立入禁止《たちいりきんし》】のバリケードを見つけたら、絶対《ぜったい》にその先へは進まな

いでください！　たとえ入れないはずがない場所、たとえば自宅《じたく》とかでもです。

わたしは以前、自宅《じたく》の前にこれが置かれていたとき、無視《むし》して家に入ってしまいました。

そのときはなんともありませんでしたし、そのあと見たら、いつの間にかバリケードも消えていました。

でも、その三日後に家屋がいきなり倒壊《とうかい》して、自宅《じたく》の敷地《しきち》は【立入禁止《たちいりきんし》】になりました。

偶然《ぐうぜん》ではないと思います。」

楽央は、さらに次の返信を表示《ひょうじ》する。

「帯多田在住《ざいじゅう》の友だちの話だけど。

そいつも明らかに変な【立入禁止《たちいりきんし》】無視《むし》して店に入ったことあるって言ってた。

ふつうに店開いてたしふつうに食事できたけど、一週間くらいしてからその店の前通りかかったら、店閉《し》まってててほんとに【立入禁止《たちいりきんし》】になってたって。

調べてみたら、そこでガス爆発《ばくはつ》かなんかの事故《じこ》が起こってたらしい。

けっこうヤバイ怪異《かいい》だよ、これ。」

いづみ、千登世、竜之介は、それらの返信を読んで青ざめた。

「……つまり、この怪異《かいい》は」

いづみは、のどにつばを流しこみ、それでもひどくガラついた声で言う。

「【立入禁止《たちいりきんし》】の警告《けいこく》を破《やぶ》って、先へ進んだり中に入ったりすると……のちにその場所は、なんらかの事故《じこ》によって、本当に立入禁止《たちいりきんし》の場所になる。……そういった、不幸な運命を決定づける怪異《かいい》、といったところか」

ますます強くなってきた風の音にかき消されないよう、声量を上げて話したいづみは、マスクの下で少しせきこんだ。もともとのどが悪いのだ。ガラついた声は地声だった。

「わたしや千登世の家、楽央のアパートを……事故現場《じこげんば》にするわけには、いかないいな」

「そ、それはそうっすけど。じゃあ、どうすんですか？　このままじゃ――」

そこで楽央は、ハッと竜之介をふり向いた。

「ねえ、竜之介さんの家は、どうなんすか？」

「え？　……さあ？　知らねー」

竜之介は、ギクリとしたように顔をしかめた。

「じっさい見に行ってみなきゃわかんねーけど……たぶん、同じ状態《じょうたい》なんじゃねーの？　おまえら三人の家がこうなんだから、オレの家だけなんもないってことはねーだろ」

「そうかもしれませんけど～。それでも一応《いちおう》、確認《かくにん》しに行きません？　もしかしたらってことも、あるかもじゃないっすか～。んで、もし竜之介さんの家に入れるようなら、あたしら今夜一晩《ひとばん》だけ」

「あー、ムダムダ。意味ねーよ。どっちにしても、オレの家におまえら泊《と》めるとか、無理だから！」

声を荒《あら》らげ、竜之介は、この話は終わりだというように背《せ》を向けた。

その態度《たいど》に、楽央たち三人はあぜんとする。

「そ……それじゃあ、えっと」

固まった空気を溶《と》かすように、千登世はすぐさま、いつもの調子でほほ笑《え》んだ。

「どこか、台風をやり過《す》ごせそうな場所を、これからみんなで探《さが》しにいこう？　そういうのも、きっと楽しいよ。ね？　ラオン」

「……そっすね～」

むすっと唇《くちびる》をとがらせたまま、楽央はしぶしぶうなずいた。

こうして、自分たちの家に帰れなくなった四人は、台風の夜を越《こ》すための避難《ひなん》場所を探《さが》して、夜の町をさまよい始めた。

しかし――……。

【立入禁止《たちいりきんし》】【立入禁止《たちいりきんし》】【立入禁止《たちいりきんし》】【立入禁止《たちいりきんし》】【立入禁止《たちいりきんし》】【立入禁止《たちいりきんし》】……。

出入りが可能《かのう》そうな建物の前は、ことごとくバリケードでふさがれていた。

夜おそくまで開いているはずの店も、災害時《さいがいじ》の避難《ひなん》場所になっている学校や公民館も、公衆《こうしゅう》トイレや、公園にあるドーム状《じょう》の遊具さえも――。

とにかく、壁《かべ》と屋根がある場所は、どこもかしこも全滅《ぜんめつ》だった。

そうこうしているあいだにも、風はますます強まり、とうとう雨も降《ふ》りだした。

傘《かさ》などまったく意味をなさない、横なぐりの激《はげ》しい雨は、四人の体力と気力をあっという間に奪《うば》っていく。

服も靴《くつ》も髪《かみ》の毛《け》もずぶぬれ。道路は靴《くつ》の底より深い水たまりだらけ。坂道の上からは川のように水が流れてくる。

顔にたたきつける雨のせいで、目を開けて歩くこともままならない。

さすがにもはや、楽しいどころではなかった。

「――ラオンっ、あぶない！」

千登世がさけんで、楽央の腕《うで》をつかみ、その体を抱《だ》き寄《よ》せた。

直後に、風で飛んできた何かの看板《かんばん》が、楽央の頭をかすめて電柱にぶつかった。

「ひっ……ひえ〜、間一髪《かんいっぱつ》……。千登世さん、ありがとうっす〜」

楽央は半泣きで千登世に抱《だ》きつく。

力いっぱいハグすると、服からしみ出た水が、雨に混《ま》じってボタボタと地面に落ちた。

千登世は楽央の頭をなでながら、「まいったなあ……」と表情《ひょうじょう》をけわしくする。

「しょうがない。もう、ぼくの家に行こう。もしかしたら、時間がたってバリケードがなくなってるかもだし。まだあったとしても、とりあえずもう、みんなで家の中に入ろう」

「むちゃを言うな、千登世。……そんなことをしたら、あなたの家が、あとでどうなるか」

「みんながケガするよりましだよ。というか、ケガじゃなくても、一晩中《ひとばんじゅう》こんな雨と風の中にいたら、それだけで命の危険《きけん》が――」

と、そのとき。

ふいに竜之介が、「なあ」と声を上げ、雨の向こうにかすむ建物を指さした。

それは、広い庭のある家だった。

住宅地《じゅうたくち》や大通りからは少し離《はな》れたところに、ぽつんと立っている一軒家《いっけんや》。

暗い緑色の外壁《がいへき》と、白い窓枠《まどわく》のコントラストが印象的な、洋風建築《けんちく》だ。

四人は最近、この家の裏《うら》を通るルートで散歩をすることが、よくあった。

なぜだかわからないが、気づけば足が向いてしまう。

四人にとって、ここはそんな〝いつもの場所〟だった。

「なあ。この家って、今、空き家だよな?」

一軒家《いっけんや》を指さしたまま、竜之介は言う。

たしかにそうだった。今年の夏ごろまでは、人が住んでいたようだったのだが。少し前にどこかへ引《ひ》っ越《こ》して、それから新しい人が入ってきた気配はない。

その家の門の前にも、やはり、例のバリケードは置かれていた。

しかし、竜之介は、

「ちょうどいいじゃねーか。台風が過《す》ぎるまで、この家ん中に避難《ひなん》してよーぜ」

三人をふり返り、雨風に体温を奪《うば》われた血の気のない顔で、にやりと笑った。

「人が住んでる家とか、現役《げんえき》で営業《えいぎょう》してる店とかよりは、いいだろ? オレらが【立入禁止《たちいりきんし》】を無視《むし》して中に入って、そのせいであとでなんか事故《じこ》が起こったとしても、いちばん被害《ひがい》が少なそうじゃねーか」

竜之介のその提案《ていあん》に、ほかの三人はとまどったものの。

「……そっすね！　ここは、うちらの人命最優先《さいゆうせん》ってことで～」

と、真っ先に楽央が賛成《さんせい》した。

「うん。このまま外にいて何かあったら、後悔《こうかい》してもしきれないしね」

「背《せ》に腹《はら》は代えられんな。どのみち不法侵入《しんにゅう》にはなるが……ばれないことを祈《いの》ろう」

千登世もいづみも、そう言ってうなずいた。

たたきつける雨の中、四人は【立入禁止《たちいりきんし》】のバリケードに近づく。

そして、バリケードの横をすり抜《ぬ》け、庭に入った。

――【立入禁止《たちいりきんし》】のその先へ、四人は足を踏《ふ》み入《い》れた。

第2章
惨《さん》劇《げき》計画書

竜之介《りゅうのすけ》は、玄関扉《げんかんとびら》のノブに手をかけ、とりあえず引いてみた。

すると意外にも、扉《とびら》はそのまますんなり開いた。

「鍵《かぎ》とか、かかってねえのかよ……」

「ラッキ～！　鍵《かぎ》や窓《まど》をこわさずにすんだっすね～」

四人は玄関《げんかん》の中になだれこむ。

直後にひときわ強い風が吹《ふ》き、バタン！　と音を立てて扉《とびら》が閉《し》まった。

真っ暗な家の中で、四人は思い思いに息をついた。

と、そのとき。

「お待ちしておりました。ご入居者《にゅうきょしゃ》のみなさま、さあ――どうぞ奥《おく》へ」

家の奥《おく》から、声が響《ひび》いた。

不自然なほど特徴《とくちょう》のない、印象に残らない声。

同時に、玄関《げんかん》と廊下《ろうか》の明かりがついた。

「⁉　電気が……というか、人がいるのか⁉」

「あ、あのっ、人ちがいです！　ぼくたち、ここの新しい入居者《にゅうきょしゃ》とかじゃなくて――」

いづみと、続いて千登世《ちとせ》があわてた声を上げる。

千登世はとっさに、玄関《げんかん》の扉《とびら》を開けようとした。

ところが。

「え……？　なんで、開かないの」

鍵《かぎ》はかかっていないのに、いくら力をこめても、扉《とびら》はびくともしなかった。

首をひねる千登世に、楽央《らお》は言う。

「風圧《ふうあつ》のせいじゃないっすか～？　っていうか、今外に出るのは、危険《きけん》っすよ～」

「あ、ああ……そうだね」

うなずいて、千登世は扉《とびら》から手を離《はな》す。

「このさい、中にいる人に事情《じじょう》を話して、一晩《ひとばん》ここに泊《と》めてくれるように頼《たの》んだほうがいいかなあ」

「そーしよーぜ。電気が通ってるとこに泊《と》まれたら、願ったりじゃねーか」

「こちらの事情《じじょう》を、信じてもらえるかはわからんが……そうするしかないな」

話しながら、四人は服や髪《かみ》の毛《け》の水気をしぼって、中までぐしゅぐしゅにぬれた靴《くつ》を脱《ぬ》いで、廊下《ろうか》に上がった。

ポタポタと廊下《ろうか》に水滴《すいてき》を落としつつ、家の奥《おく》へと進んでいくと、ドアガラスの向こうが明るくなっている部屋があった。

ドアを開けてみたところ、そこはリビングだった。

モデルハウスのように整えられた室内。

その中に、スーツを着た男が一人、立っていた。

「このたびは、ご入居《にゅうきょ》、まことにありがとうございます」

男は、四人に向かってにっこりと笑ってみせた。

その顔立ちは、声と同じく、不自然なほど特徴《とくちょう》に欠けていた。

「いや、あのさ。ちがうんだよ。オレら、ここ、空き家だと思っててさ。勝手に入ってきちまっただけで、入居者《にゅうきょしゃ》ってわけじゃ」

「いいんですよ。この家は、ちょうど入居者《にゅうきょしゃ》を募集《ぼしゅう》していたんですから」

「……は？」

「あなた方は、今日からこの家の住人です」

有無《うむ》を言わせぬ男の態度《たいど》に、竜之介は大きく眉《まゆ》をゆがめる。

あとの三人も、とまどいつつ男を見つめた。

何か、おかしい。

この男は――ひょっとして。

四人の疑念《ぎねん》に答えるように、男は言った。

「わたくしは、この家の、サポートスタッフといったところでしょうか。名前などは特にありませんが、お見知りおきを」

奇妙《きみょう》なその自己紹介《じこしょうかい》に、四人はざわっと総毛立《そうけだ》つ。

声にも顔にも、異様《いよう》なほどに特徴《とくちょう》のない、名前を持たない人物。

これは、人間じゃなくて……〝人に似《に》た形の何か〟なんじゃないか？

「また、この家についてですが――こちらは重要事項《じこう》ですので、のちほど、ご説明のお時間をいただきます」

「……今、手短に説明してもらえると、ありがたいんだがな」

いづみは、雨の中でとうにはずしていたマスクをにぎりしめ、男をにらむ。

「いえいえ、その前に。まずはみなさま、シャワーを浴びて、お着替《きが》えください。替《か》えのお召《め》し物《もの》は、ご用意してありますので」

〝サポートスタッフ〟は、手のひらをソファへと向けた。

ソファの上には、四人分の服とバスタオルが、きれいにたたまれて置かれていた。

四人はしかし、それを無視《むし》して玄関《げんかん》へと引き返す。

こんな得体《えたい》のしれない場所で、ゆっくりくつろぐ気になれるわけもなかった。

だが、玄関《げんかん》にもどってみても、やはり扉《とびら》は開かなかった。

裏口《うらぐち》の戸や窓《まど》も調べてみたが、どこも同じ。

そうこうしているうちに、本格的《ほんかくてき》に体が冷えてきて、このままびしょぬれの服を着続けているのが、いよいよつらくなってきた。

「と……とりあえず～、お言葉に甘《あま》えて、着替《きが》えるだけ着替《きが》えません～？」

震《ふる》えながら楽央が言って、ほかの三人も、やむなくうなずいた。


リビングにもどった一同は、それから順番にシャワーを浴びて着替《きが》えをすませた。

楽央は、フードにアニマル耳が付いた着ぐるみ風パジャマ。

竜之介は、柄《がら》入りのトレーナー。

いづみは、襟《えり》と前ボタンのあるシックな色合いの寝間着《ねまき》。

千登世は、ゆったりしたシルエットの大人っぽいルームウェア。

用意された服は、どれが誰《だれ》のものとは言われなかったが、おのおののサイズや好みで選んだ結果、自然とこのように行《ゆ》き渡《わた》った。

ドライヤーも借りて、髪《かみ》もしっかり乾《かわ》かして。

リビングにふたたび全員そろうころには、なんだかんだで、四人とも人心地《ひとごこち》ついていた。

サポートスタッフは、いつの間にかどこかへ消えていた。

四人は、L字の形に置かれたソファに女子二人、男子二人でならんで腰《こし》かけ、手持ちぶさたに時を過《す》ごす。

「あー……。こーゆーのって、なんか……慣れねーなあ」

竜之介が、照れくさそうに小さく笑う。

それに応《こた》えて、楽央は、にぱっと八重歯《やえば》をのぞかせうなずいた。

「四人全員で会うときは、いつも外か、どっかの店ですもんね～。竜之介さんと千登世さんのそういう格好《かっこう》、新鮮《しんせん》っす！」

竜之介はうなずき返す。

男子組にとっても、女子組の今の格好《かっこう》は、同じく新鮮《しんせん》な光景だ。

「ミョーなことになっちまったけど……。こうやって、いつもはできないようなことができるの、ちょっと、楽しいかもな？」

「わかるっす〜！　四人だけでお泊《と》まりとか、ふだんだと難《むずか》しいっすけど。こんな非常事態《ひじょうじたい》じゃしかたないですもんね〜」

「だよなだよな！　ここなら、親とかにも気兼《きが》ねいらねーし！」

「ね〜！　こうなったら、いっそもう、パジャマパーティー開催《かいさい》っすよ〜！」

「あー、そういやオレ、腹《はら》へってきた！　ここ、食いもんとかなんか出るかな？」

盛《も》り上《あ》がる竜之介と楽央に対し、千登世といづみは疲《つか》れもあって、言葉少なだった。

外は相変わらずの嵐《あらし》だ。

ここに来るまでたいへんな思いをしたせいで、こうして「家の中」で雨と風の音を聞くのは、なんだかやけに心地《ここち》いい。

異常《いじょう》な状況《じょうきょう》にもかかわらず、四人は妙《みょう》にまったりとした空気を味わっていた。

——カチャ、と、リビングのドアが開いた。

ふり向くと、例のサポートスタッフだった。

「お待たせいたしました。それではこれから、この家についてご説明いたします」

四人はスタッフに注目する。

ひと呼吸《こきゅう》の間をあけて、スタッフはふたたび口を開いた。

「この家は【幽霊屋敷予定地《ゆうれいやしき》】です。この家の住人となったあなた方には、幽霊屋敷《ゆうれいやしき》にふさわしい〝いわく〟を作っていただきます」

それを聞いた四人は、少しのあいだ、言葉につまった。

ある者は首をかしげ、ある者は眉《まゆ》をひそめる。

「あの……。どういうことなのか。意味が、よくわからないんですけど」

遠慮《えんりょ》がちに口を開いたのは、千登世だった。

「幽霊屋敷《ゆうれいやしき》、はわかります。でも、予定地、っていうのは……？　〝いわく〟を作るって、ぼくたちは、何をどうすればいいんですか？」

「はい。ご質問《しつもん》、ありがとうございます」

くわしいお話をいたしますと――と、スタッフは続ける。

「あなた方には、この家の中で**惨劇《さんげき》**を起こしていただきます。期間は今から一か月以内。『惨劇《さんげき》』に必要な要素《ようそ》は、**事件《じけん》**と、そして最低一つの**人の死体**です。この条件《じょうけん》を満たせないかぎり、あなた方は、けっしてこの家から出ることができません」

スタッフは、特徴《とくちょう》のないその顔に浮《う》かぶ笑《え》みを、一段《だん》深めた。

四人は、息をのんで凍《こお》りつく。

「こちらは**惨劇《さんげき》の計画書です**」

と、スタッフは手に持っていた一枚《まい》の紙を、いちばん近くにいたいづみに渡《わた》した。

「それでは、みなさま。惨劇《さんげき》を起こすその日まで、この家でのシェアハウス生活を、ぞんぶんにお楽しみください」

ていねいにお辞儀《じぎ》をしたのち、スタッフは四人に背《せ》を向けた。

スタッフがリビングから出ていくのを、四人はぼうぜんとしながら、声もなくただながめているしかできなかった。

幽霊屋敷《ゆうれいやしき》予定地における惨劇《さんげき》計画書

この家は、のちほど幽霊屋敷《ゆうれいやしき》となる予定の物件《ぶっけん》です。

よって、この家の住人は、居住《きょじゅう》期間内にこの家を舞台《ぶたい》とした惨劇《さんげき》を起こし、幽霊屋敷《ゆうれいやしき》にふさわしい〝いわく〟を作り出す義務《ぎむ》を負います。

住人は事前に話し合いのうえ、この計画書に以下の必要事項《じこう》を記入してください。

広範囲《こうはんい》・長期間にわたって巷《ちまた》のうわさになるような、魅力的《みりょくてき》ないわくを期待しています。

・事件《じけん》の発生日時と概要《がいよう》：

・死体の数（１体以上、４体以下の範囲《はんい》で記入）
　体

・死亡者《しぼうしゃ》とその死因《しいん》、および死亡《しぼう》した場所
(記入例：山田太郎《たろう》。鈴木《すずき》花子に包丁で腹部《ふくぶ》を刺《さ》され、ダイニングで失血死)
死体１：
死体２：
死体３：
死体４：

「……悪趣味《あくしゅみ》な！」

計画書に目を通して、いづみは苦々しく吐《は》き捨《す》てた。

いづみのまわりに集まり、いっしょにそれを読んだほかの三人も、顔をしかめる。

「とりあえず……もう一回、出口、探《さが》してみますか〜？」

当然だが、「惨劇《さんげき》を起こしてください」などと言われても、「はいわかりました」と受け入れられるわけがなかった。

楽央の提案《ていあん》にみんなうなずき、四人はあらためてこの家からの脱出《だっしゅつ》を試みる。

一階と二階。

それに加えて、この家には地下室もあったので、もちろんそこも。

けれど——家中くまなく探《さが》してみても、けっきょく出口は見つからなかった。

しかたなく、四人はまたリビングにもどってきた。

「そうだ。あたし、またネットで情報募集《じょうほうぼしゅう》してみます！　この怪異《かいい》に関しても、もしかしたら、何か知ってる人がいるかも！」

言いながら、楽央は千登世に目をやった。

雨が降《ふ》り始《はじ》めた時点で、四人のスマホは千登世がまとめて、ジッパー付きの透明《とうめい》な保存《ほぞん》袋《ぶくろ》に入れてくれていた。

千登世は、びしょぬれのかばんから保存袋《ほぞんぶくろ》を取り出し、楽央のスマホを返す。

それを受け取るなり、楽央はすぐさま電源《でんげん》を入れた。

ところが。

「ん？　あれ～？　っかしいな……」

スマホの画面を見つめて、楽央はあせった声をもらした。

「ラオン、どうしたの？　……もしかして」

「う～。……ネットに接続《せつぞく》されていませんて、エラーが出るっす。それに、なんか、日付や時計の表示《ひょうじ》がバグってて。……みなさんのスマホは、どうっすか？」

楽央に聞かれて、あとの三人も、それぞれ自分のスマホを確認《かくにん》する。

その結果は、楽央とまったく同じだった。

「ん～。これってやっぱ、怪異《かいい》のせいなんすかね～？」

ソファの背《せ》もたれに寄《よ》りかかって、楽央は天井《てんじょう》をあおいだ。

「なあ。……さっきから、ちょっと、気になってることあんだけど」

竜之介がそう言って、ソファから腰《こし》を上げ、窓《まど》に近づいてカーテンを開けた。

「出口探《さが》してたときにも、思ったんだけどよ。この家の庭……なんか、おかしくねーか？」

「おかしい、とは？」

いづみも窓辺《まどべ》に向かい、竜之介といっしょに窓《まど》の外を見る。

リビングからもれる明かりと、街灯の光に照らされた、嵐《あらし》の中の庭。

その景色をながめながら、竜之介は「ほら」と指さした。

「この家に入る前は、あそこに固まってる植木鉢《うえきばち》、五個《こ》じゃなくて六個《こ》だったぜ。ほかにも、暗くてよく見えねーけど、植わってる花の種類がいろいろちがうし。あと、こっから見える範囲《はんい》だけでも、木が四本なくなってる。それから――……」

竜之介の指摘《してき》に、いづみたち三人は、ぽかんと目を丸くした。

「はーっ。そんなこと、よく覚えてるっすね～」

「記憶力《きおくりょく》いいよね、リューノは。……けど、それって、どういうことなんだろ？」

楽央と千登世は、顔を見合わせ首をひねる。

いづみは無言でうつむき、少し考えたあと、ハッとはじかれたように顔を上げた。

リビングとつながったダイニング・キッチンへと、いづみは足早に移動《いどう》する。

ほかの三人も、とりあえずそのあとを追った。

「イヅ、どうかしたの？」

「……これを見てくれ」

と、いづみが手に取ったのは、ダイニングテーブルの上に置かれた、袋《ふくろ》に入った四枚《まい》切りの食パンだった。

「どうだ？　このパン……傷《いた》んでいるようではないだろう？」

「え？　そうだね……えっと。消費期限《きげん》が九月二十二日で、今日が十九日だから、まだじゅうぶん期限内《きげんない》だし――……あっ」

千登世は、そこであることに気がついた。

「この消費期限《きげん》――三日後、じゃなくて……十年前!?」

いづみはうなずく。

千登世の言うとおり、パンの袋《ふくろ》に印刷された消費期限《きげん》の西暦《せいれき》は、本来あるべき数字から十を引いたものになっていた。

「でも、どう見てもこれは、十年前のパンじゃないね」

「ああ。……と、いうことはだ」

いづみは、次に冷蔵庫《れいぞうこ》の扉《とびら》を開けた。

中にはいろいろな食品が入っていた。

牛乳《ぎゅうにゅう》、鶏肉《とりにく》、豆腐《とうふ》、パックからまだ出されていない卵《たまご》、納豆《なっとう》、マヨネーズ、カップ入りプリン……どれもちゃんと冷やされているし、見た目もにおいもおかしなところはない。

ごくふつうの、新鮮《しんせん》な食品を保存《ほぞん》している冷蔵庫《れいぞうこ》だ。

けれど、それらの食品の消費期限《きげん》、賞味期限《きげん》は、どれも十年前だった。

「なんだよこりゃ、どーゆーことだ。この家ん中じゃ、食いもんが腐《くさ》らねーのか？」

「その可能性《かのうせい》もあるが……」

パタン、といづみは冷蔵庫《れいぞうこ》の扉《とびら》を閉《と》じた。

「あるいは、ここが〝**過去《かこ》の世界**〟――という可能性《かのうせい》もある」

それを聞いて、竜之介は、ようやく合点《がてん》のいった顔になった。

「あー。そっか、なるほど。じゃあ、庭の景色がちがってたのも」

「ああ。……十年前の庭だから、家に入る前に見た庭と、いろいろようすが変わっているのかもしれない」

「スマホの日付と時計のバグも、ネットにつながんねーのも、そのせいか？　けど、なんだってそんな。過去《かこ》の世界？　はあ？　くっそ、ますますわけわかんねー」

竜之介は、両手で頭を抱《かか》えてうずくまった。

そこで一時《いっとき》、会話が途切《とぎ》れる。

家の中が静まり返ると、外の嵐《あらし》の音がひどく耳についた。

「……楽央？　さっきから、静かだな」

いづみはふと、ダイニングの隅《すみ》にいる楽央をふり向いた。

いつもは何かと騒《さわ》がしい楽央が、こんなときにずっと口をつぐんでいるのは、違和感《いわかん》があった。

じっさい、楽央のようすはおかしかった。

青い顔でうつむく楽央に、千登世は近づきながら声をかける。

「ラオン……だいじょうぶ？」

楽央は、表情《ひょうじょう》をこわばらせたまま、ゆっくりと目線を上げた。

「……あの〜。あたし、この家のこと、ちょっと前に調べてみたんすよ。なんか、妙《みょう》に気になる家だったんで……みなさんも、そうじゃないっすか？」

問われた三人は、とまどいつつもうなずいた。

夜遊び同盟《どうめい》の散歩コースは、たいていその夜の気分しだい。

けれどこのごろは、気づけばちょくちょくこの家に足を運んでいた。

なぜだか理由はわからない。

知らない家のはずなのに、なんだかここに来るのが自然に思える。

四人にとって、この家はそんな不思議な場所だった。

「それで……調べてみて、どうだったんだ？」

もどかしげに、いづみはうながす。

楽央は、観念したようにうなずき、その情報《じょうほう》を口にした。

「この家は――十年前に、身元不明の死体が見つかった家でした」

それを聞いて、三人は目を見開いた。

ひどくいやな予感が、寒気となって背《せ》すじをはった。

楽央は、さらにくわしく続きを述《の》べる。

「十年前……この家には、四人家族が暮《く》らしてたらしいっす。けど、その家族がどこの誰《だれ》で、どんな人たちだったかは、まったくわかっていないとか。なんでも、その家族と交流を持ってた人もいなければ、その家族が家に出入りしてるところすら、近所の誰《だれ》も見たことがない。ここに住んでたのは、そんな謎《なぞ》の住人たちだったんです」

ひどく奇妙《きみょう》なその話に、三人は眉《まゆ》をひそめながらも、黙《だま》って聞き入る。

「そして、ある日のこと。この家で、一つの死体が見つかりました。住人の一人と思われるその死体が発見されたとき、残りの住人は、すでにどこかへ消えたあとでした。……けっきょく、その家に住んでいた家族の正体は、わからずじまい。ゆいいつ家の中に残っていた死体も、いったいどこの誰《だれ》なのか、どれだけ調べてもわからなかったということです」

そこまで話して、楽央は口をつぐんだ。

三人は、ゾッと顔を引きつらせた。

たんに不気味な事件《じけん》だから、ではない。

楽央の話から、誰《だれ》もが一つの可能性《かのうせい》を、頭の中に思《おも》い浮《う》かべていたからだ。

誰《だれ》もあえて、それを口に出そうとはしなかったけれど。

「住人の正体はわからないのに……四人家族、ということはわかっているのか？」

「ええ。事件《じけん》発覚後、家の中を調べたら、四人の人間が生活してた痕跡《こんせき》があったそうで」

答えながら、楽央は、自分のスマホの電源《でんげん》ボタンを押《お》す。

「で……そんな事件《じけん》があって以来、空き家になったこの家は、心霊《しんれい》スポットだとか、幽霊屋《ゆうれいや》敷《しき》だとか言われて、しばらくうわさになってたみたいなんすよ。そのせいか、なかなか買い手もつかなくて」

「え、けどよ。ちょっと前まで、人が住んでたよな？　ここ」

「そうっすね。でも、その人も去年の春に引《ひ》っ越《こ》してきたばっかりで、それからわずか一年半くらいで家を売《う》り払《はら》ってるんです。だから、『やっぱりこの家、何かあるんだ』って……。ローカルな話題を語るネットの掲示板《けいじばん》で、最近ちょっと盛《も》り上《あ》がってたわけっすよ」

楽央は、スマホの画像《がぞう》フォルダを開く。

「その掲示板《けいじばん》に、情報源《ソース》として、当時の新聞記事の画像《がぞう》へのリンクが貼《は》られてました。十年前の事件《じけん》のあと、誰《だれ》かがネットに上げたものが、そのまま残ってたのか。それを保存《ほぞん》してた人が、上げ直したのか。……どっちにしても、記事は本物っぽかったっす」

「ラオン、そのリンク先って――あ。今ネットにつながらないから、見えないか」

「いえ、画像《がぞう》は保存《ほぞん》してあるんで、オフラインで見えるっすよ。ほら、これが」

言いかけて、画像《がぞう》のサムネイルをタップすると同時に、楽央は固まった。

スマホの画面に表示《ひょうじ》された、新聞記事の切《き》り抜《ぬ》きの画像《がぞう》。

その中には、この家を外から撮影《さつえい》した写真が使われていた。

『今羽市《いまわし》の民家で身元不明の遺体《いたい》見つかる』

という見出しとあわせて、この家が遺体《いたい》の発見場所であることはまちがいないようだ。

しかし――。

「なんだこりゃ。ほとんど読めねーじゃねーか」

楽央のスマホをのぞきこんで、竜之介は眉《まゆ》をゆがめた。

新聞記事の画像《がぞう》は、あちこち表示《ひょうじ》がバグって、真っ黒な四角い虫食いだらけだった。

記事の日付と、**『家はもぬけのから』**という袖《そで》見出しはちゃんと読める。

が、記事の本文はほとんどまともに表示《ひょうじ》されない。

『十九日夕方』……**『身元不明の一人の遺体《いたい》が発見』**……**『遺体《いたい》は』**……**『で、住人のものとみられ』**……**『死因《しいん》について捜査《そうさ》』**……**『捜査《そうさ》関係者によると、遺体《いたい》は』**……**『状態《じょうたい》だったという』**

かろうじて意味を読み取ることができる部分は、それくらいだ。

「あれ？　……おかしいっすね。ほかの画像《がぞう》は、ちゃんと表示《ひょうじ》されるのに。なんでこれだけ、こんなにバグって……」

楽央はあせりつつ、画像《がぞう》を開いたり閉《と》じたりをくり返す。

けれど、何度やっても黒い虫食いはなくならなかった。

「なあ、楽央。おまえはその記事、前に読んだんだろ？　何が書いてあったんだよ」

「それは——……」

答えようとして、楽央は言葉をつまらせた。

「……お……覚えてないっす。バグって読めない部分は……何も、思い出せない……」

画像《がぞう》を保存《ほぞん》する前に、記事の内容《ないよう》には目を通したはずなのに。

そこには、遺体《いたい》がどういう状態《じょうたい》で見つかったのか、たしかに書かれていたはずなのに。

楽央の記憶《きおく》もまた、画像《がぞう》と同じく虫食いに侵《おか》されていた。

「これも、怪異《かいい》のしわざか。——ようするに」

重たげに息をついて、いづみは言った。

「〝遺体《いたい》がどういう状態《じょうたい》で発見されるか〟は、自分たちで考えて、計画書にご記入を。……怪異《かいい》のやつは、どうやらそう言いたいようだな」

「……それって」

千登世が、ためらいがちに話を引《ひ》き継《つ》ぐ。

「この記事が、あのスタッフさんの言ってた『惨劇《さんげき》』の結果——って、こと？」

さっきから、誰《だれ》もが気づいていながら、はっきりと口にはできなかった可能性《かのうせい》。

でも、いつまでもそこから目をそらし続けるわけには、いかなかった。

「この新聞記事の日付は、十年前の十月のものだから……ぼくたちの今いるここが、十年前の九月だとしたら、この記事は、ここでは来月のものってことになる。これから起こる出来事についての記事。だから記事の内容《ないよう》も、まだ決まってなくて見られない……」

千登世の説明に、いづみはうなずく。

「遺体《いたい》の身元が不明なのは、わたしたちが十年後から来た人間だからか。……この時代の人間でないなら、なるほど、身元などわかるはずもないな」

「十年前っていったら、まだちびっ子のあたしらが、この時代に生きてるわけですしね〜」

「——んなことよりよっ」

いらついた声で、竜之介が割《わ》って入った。

「つまりそれって、誰《だれ》なんだ？　オレたちの中の、誰《だれ》が遺体《いたい》になるんだよ⁉」

しん、と場が静まり返る。

竜之介の問いに、答えられる者はいなかった。

四人には、「身元不明」の遺体《いたい》の外見や、性別《せいべつ》すらもわからない。
記事には書かれていたのかもしれないが、その部分はおそらく虫食いになっている。
この家で、はたして「十年前」、何があったのか。
すなわち、自分たちは「これから」、どんな惨劇《さんげき》を起こすのか。
くわしいことはわからない――が。
ただ、一つだけ、うわさ話や新聞記事がはっきりと語っていることがある。
見つかった遺体《いたい》は、一体。
命を落とすのは、一人。
四人は、無言で顔を見合わせた。
そのとき。
「失礼いたします」
例の特徴《とくちょう》のない声がして、リビングのドアが開いた。
サポートスタッフが、何か丸めた紙束を持って入ってくる。
何度見ても、その顔はまったく印象に残らない。
「みなさま、まだお休みになられていなかったのですか。夜ふかしがお好きですね」

雑談《ざつだん》のようにしゃべりながら、スタッフは、紙束を広げて壁《かべ》にかけた。

大きめのカレンダー。

左上に書かれた西暦《せいれき》の数字は、やはり十年前のものだ。

すでに八月までの部分は切《き》り離《はな》され、見えているのは九月のカレンダーだった。

その十九日のところが、黒い丸で囲まれている。

「本日、九月十九日が、あなた方のご入居日《にゅうきょび》です。……おっと、もう日付が変わってしまっていますね。まあ、細かいことはいいでしょう」

リビングの時計をちらりと見たあと、スタッフは四人に向き直る。

「一か月後が、**居住可能《きょじゅうかのう》期間の最終日**となります。そちらにも印をつけてありますので、ご確認《かくにん》ください。また、計画書は、最終日の前日までにご提出《ていしゅつ》をお願いいたします。――ちなみに、計画書に記入された惨劇《さんげき》の内容《ないよう》は、かならず現実《げんじつ》のものとなりますので、ご記入内容《ないよう》のミスには、くれぐれもお気をつけて」

「……計画書を、もしも提出《ていしゅつ》できなかったら、どうなるんだ？」

「はい。ご質問《しつもん》、ありがとうございます」

いづみの質問《しつもん》に、スタッフはうなずいて答える。

「計画書のご提出《ていしゅつ》がない場合でも、惨劇《さんげき》を成立させる条件《じょうけん》、すなわち『事件《じけん》』と『死体』さえそろえていただければ、それで問題ありません。生き残った住人の方は、その翌日《よくじつ》にこの家を出ていくことができます。ただし——**惨劇《さんげき》が未成立、かつ計画書をご提出《ていしゅつ》いただけないまま**、最終日になりますと」

スタッフは、人の呼吸《こきゅう》をまねるように、そこでわざとらしく息継《いきつ》ぎした。

「その場合は、この家に**侵入者《しんにゅうしゃ》**が押《お》し入《い》り、あなた方**四人全員を殺害する**手はずになっております」

告げられたそのルールに、四人は表情《ひょうじょう》を凍《こお》りつかせた。

「では、本日は用事も済《す》みましたので、わたくしはこれで失礼いたします。あとはどうぞごゆっくり、家族水入らずの時間をお過《す》ごしください」

そう言い残し、ていねいにお辞儀《じぎ》をしたあと。

スタッフは四人に背《せ》を向け、リビングの出口へと歩きだした。

その瞬間《しゅんかん》。

千登世がスタッフに飛びかかり、抵抗《ていこう》する間も与《あた》えず足を払《はら》って、床《ゆか》に倒《たお》して転がした。

「手荒《てあら》なまねをして、すみませんが……。お願いします。ぼくたちを、今すぐここから出し

てください。でないと――」

うつぶせのスタッフを組みしいて、千登世は、ひねり上げた腕《うで》に力をこめる。

ところが。

「!?」

とつぜん、ふっと手ごたえが消えた。

スタッフの全身が、一瞬《いっしゅん》にして砂《すな》のように崩《くず》れ去《さ》ったのだ。

あとに残ったスーツと、崩《くず》れたスタッフの残骸《ざんがい》は、リビングの床《ゆか》にしみこむようにして、すぐに跡形《あとかた》もなく消滅《しょうめつ》した。

千登世は、うろたえつつ立ち上がる。

その直後、カチャ、とリビングのドアが開いた。

入ってきたのは、今しがた目の前で消滅《しょうめつ》した、サポートスタッフだった。

「無駄《むだ》ですよ。わたくしに対する脅迫《きょうはく》も、交渉《こうしょう》も、意味はありません。わたくしは、【幽霊《ゆうれい》屋敷《やしき》予定地】の管理人でも支配者《しはいしゃ》でもない。あくまでシステムの一部にすぎないのです」

あらためて頭を下げて、スタッフは今度こそ、リビングを出て行った。

パタン――とドアが閉《し》められ、廊下《ろうか》の足音が聞こえなくなってから、

「あー。物理攻撃《こうげき》は、通じない感じかあ」

千登世はつぶやき、残念そうにため息をついた。

いづみは、スタッフが壁《かべ》にかけていったカレンダーに歩《あゆ》み寄《よ》り、一枚《まい》紙をめくる。

あらわになった十月のカレンダーは、十九日のところが赤い丸で囲まれていた。

それを見つめて、「まだ、時間はある」といづみは言った。

「これから、いろいろ試《ため》して……この家を四人で脱出《だっしゅつ》する方法を、なんとしても見つけよう」

「それしかないっすよね〜。とりあえず、今日はもう」

と、楽央が言いかけたとき。

ダイニングのほうから物音がして、彼《かれ》らはそちらをふり向いた。

何かと思ったら。

竜之介が、いつの間にかテーブルの上にあったパンの袋《ふくろ》を開けて、生のままの食パンをかじっていた。

「あっ、こらリューノ！」

千登世は、あわてて竜之介のもとへ駆《か》け寄《よ》る。

「やめなよ。こんな家の中にあるもの食べて、何かあったらどうするの！」

「んなことといったって、腹《はら》へってんだよオレは！」

「それはわかるけど、もうちょっと慎重《しんちょう》に行動――」

「はあ？　〝スタッフ〟にとりあえず物理攻撃《こうげき》かまそうとしたおまえに『慎重《しんちょう》に』とか言われたくねーんだけど？　ってゆーか、この家の食いもんに気をつけるとして、いつまでそーしてりゃいいわけ？　脱出《だっしゅつ》方法が見つからなきゃ、何日も飲まず食わずでいるつもりか？」

「そ……それは……」

口ごもったとたん、千登世の腹《はら》が、ぐう～っと音を立てた。

袋《ふくろ》の口からもれ出るパンのにおいに、千登世はごくりとつばをのむ。

つられるようにして、いづみと楽央の腹《はら》の虫も鳴きだした。

「……えっと～。見たところ、パンを食べた竜之介さんも、無事みたいですし～」

ね？　と、楽央はいづみと千登世の顔を見る。

この家にあるものを食べてもだいじょうぶ、と判断《はんだん》するには、まだ早すぎる……が。

今日は四人とも、夕飯を食べずに家を出ていた。

町が暴風域《ぼうふういき》に入る前に「活動」しておこうと、いつもよりも早い時間に集合したからだ。

深夜になった今、みんなそろって腹《はら》ペコになるのも無理はなかった。

けっきょく、あとの三人も竜之介に続く形になった。

四枚《まい》切りの食パンを、四人は一枚《まい》ずつ平らげた。

外は相変わらずの嵐《あらし》だ。

うなりを上げる風が、窓《まど》をガタガタ鳴らして、窓《まど》ガラスに大粒《おおつぶ》の雨をたたきつけていた。

＋

一夜明けると、外はすっかりいい天気だった。

朝日の差しこむダイニング・キッチンに、一人、また一人と入ってくる。

昨晩《さくばん》、夜食を終えたあと、四人はそれぞれ別の部屋で眠《ねむ》った。

家の中には、一階と二階に二部屋ずつ、内装《ないそう》の異《こと》なる一人部屋があった。

四人は着替《きが》えのときと同じく、四つの部屋から、おのおの自分好みの部屋を選んで使うことにした。

「お……はよ」

あくびをしながら、最後にダイニングに入ってきたのは、竜之介だった。

先に集まっていた三人は、思い思いに朝のあいさつを返す。

竜之介は、ダイニングテーブルを囲むイスの、あいたところに腰《こし》を下ろした。

千登世といづみは、ルームウェアや寝間着《ねまき》から着替《きが》え、身だしなみを整えてここに来ていた。対して、竜之介と楽央は、ベッドに入ったときの服のままだった。

そのせいで、室内はなんだかちぐはぐな光景だ。

「んあ？　おまえら、その服どーしたんだ？」

「部屋のクローゼットの中に、いろいろ入ってたんだよ。この家、ぼくたちに、衣食住の不自由はさせないつもりみたいだね」

じゅうぶんな数の服や下着、スリッパ、歯ブラシ、ハンドソープなど。

家の中には、当面の生活に必要なものがそろっていた。

それらのものは、あらかじめ四人のために用意されていたかのように、四人それぞれの好みやサイズにピッタリだった。

「じゃ、全員そろったんで、朝ごはんにしましょ～！」

四人は今朝もおなかをすかせていた。

夕食を抜《ぬ》いた埋《う》め合《あ》わせが、四枚《まい》切りとはいえ食パン一枚《まい》では、ぜんぜん足りない。

この家にある食べ物に対して、警戒心《けいかいしん》が完全に消えたわけではなかったが……。

「こうなったらもう、一回食事するのも百回食事するのも、同じっすよね～」

楽央のその言葉に、あとの三人もうなずいた。昨晩《さくばん》パンを食べたことが、もしもまちがいだったとしたら、どのみち今さら手おくれだ。

テーブルの上には、新しい食パンの袋《ふくろ》が置かれていた。

一方で、炊《た》き立《た》てのごはんのにおいもただよっている。

今朝、いちばん早くキッチンに来て米を炊《た》いたのは、千登世だった。

千登世は、壁《かべ》にかけられていたエプロンを身につけて、三人の顔を見渡《みわた》した。

「みんな、何食べたい？　朝はパン派《は》？　ごはん派《は》？」

「あたし、チーズの入ったオムレツ食べたいっす～！」

「オレ、おにぎり食いてー」

「わたしは、納豆《なっとう》とみそ汁《しる》……いや、自分でやろう」

いづみは腰《こし》を上げ、自分もエプロンをつけて、千登世とならんでキッチンに立つ。

「イヅって、みそ汁《しる》の実は何が好きなの？」

「豆腐《とうふ》となめこ。……しかし、自分で作ったことはあまりないんだ。教えてくれるか？」

「もちろん。あ、でも、冷蔵庫《れいぞうこ》になめこはなかったな。どうする？　ワカメでも入れる？」

「ああ、そうする。……あなたは、何を食べるつもりだ？」

「そうだなあ。トーストと、目玉焼きと、ヨーグルト――あっ。リューノ、ラオン！　朝からお菓子《かし》はだめだよ！　っていうか、そんなの、どこから見つけてきたの」

「えへへ～っ。戸棚《とだな》の中のぞいたら、入ってたんすよ～。見て見てこれっ、三年前に生産中止になった味のやつ～！」

「千登世ー。おまえ、こんなときまでかてーこと言うんじゃねーよ。欲望《よくぼう》のまま、朝っぱらからスナック菓子《がし》を一袋《ふくろ》空《あ》ける！　これを経験《けいけん》しないなんて、人生損《そん》するぜー？」

そんなこんなで、朝食はどんどんできあがっていった。

パンや卵《たまご》の焼けるにおいも、ごはんとみそ汁《しる》のにおいも、紅茶《こうちゃ》と緑茶とコーヒーの香《かお》りも、まぜこぜだ。

統一感《とういつかん》ゼロの食卓《しょくたく》を囲んで、四人は「いただきます」と手を合わせる。

明るいダイニング・キッチンで、朝の時間は、にぎやかにおだやかに流れていった。

そのあと四人は、また家の中を歩き回って出口を探《さが》した。

けれど、昨晩《さくばん》よりうんと念入りに探《さが》しても、やっぱりどこのドアも窓《まど》も開かなかった。

ドアをこわしたり窓《まど》ガラスを割《わ》ったりといったことも、できなかった。

昼ごはんやおやつ休憩《きゅうけい》をはさみながら、四人はその日、夜まで出口探《さが》しを続けたが――。

「やっぱ、この家からは、勝手に出られないルールになってるみたいっすね～」

「だねえ。何か、ほかの方法を考えたほうがいいのかなあ」

へとへとに疲《つか》れきった四人は、リビングに集まって、倒《たお》れるようにソファに座《すわ》る。

「あー、くっそ。結局、丸一日ムダになっただけかよ」

「そんなことはない。……出口を探《さが》してもムダ、ということがわかっただけでも、収穫《しゅうかく》だ」

ソファでしばらく雑談《ざつだん》したあと。

おなかがすいてきたので、四人は晩《ばん》ごはんの支度《したく》に取りかかった。

今夜の献立《こんだて》は、ギョーザと白米。

冷凍室《れいとうしつ》の中身を点検《てんけん》してみたところ、冷凍《れいとう》ギョーザがたくさん入っていたからだ。

「おかずがギョーザのみ、かあ。栄養のバランス、気になるなあ。かといって、副菜とか作る気力もないんだけど」

「ギョーザの中身は肉と野菜だ。……実質《じっしつ》、これ一つで肉料理と野菜料理だ」

などと言い交《か》わしつつ、千登世といづみは、テーブルの上に凍《こお》ったギョーザの袋《ふくろ》を出す。

「なーなー。これ、いろいろ味変しよーぜ。バター醤油《じょうゆ》とか、カレー粉とかでさ」

「いいっすね～、ギョーザパーティーっすね！　いつか手作りでもやりたいっすよ～」

四人は、代わりばんこにギョーザを焼く係をやりつつ、焼き上がったものから食べていく。

「ん～？　いづみさん、箸《はし》が進まないっすね。味変、イマイチでした～？」

「いや。……家の中にある食料を、節約しなくていいものか、気になってしまってな」

「あ～。そっすね。外には出られないし、外部とも連絡《れんらく》、取れませんもんね～」

スマホは、ネットだけでなく通話機能《きのう》も使えなくなっていた。

リビングには固定電話が置かれていたが、おそるおそる一一〇番にかけてみても、ただただ呼《よ》び出《だ》し音《おん》が鳴り続けるばかりだった。それは、ほかの番号でも同じだった。

もっとも、電話が通じたところで、事情《じじょう》を説明してもいたずらと思われるだけだろうが。

「今ある食料って、残り何日分くらいなんでしょ～？」

「だいじょうぶじゃねーの？　今朝、新しいパンが置いてあったみたいに、食いもんは次々出てくるんだろ、たぶん」

ギョーザを火にかけた竜之介は、焼けるまでいったん席に着く。

そして、焼けたぶんのギョーザを口に入れ、そこに白米をかきこんで、ろくにかまずにのみこんだ。

「この家の目的は、オレたちを飢《う》え死《じ》にさせることじゃねーよ。少なくとも、当面は」

「うん。とりあえず、今のところ食料は豊富《ほうふ》だしね。冷蔵庫《れいぞうこ》の中もぎっしりだ」

「そーいや、たしか肉もあったよな」

「鶏肉《とりにく》ね。あれ、明日あたり使っちゃわないとなあ。献立《こんだて》、なんにしよう」

自然と炊事担当《すいじたんとう》になりそうな千登世を、いづみは、気づかわしげにちらりと見る。

「千登世。……疲《つか》れるようなら、無理はしないでくれよ」

「そーそー。生肉を期限内《きげんない》に使いきれなかったら～、そんときは、トレイごと冷凍室《れいとうしつ》にポイ！　でオッケーっすよ～」

楽央は、自宅《じたく》の冷蔵庫事情《れいぞうこじじょう》がうかがえるようなことを言いつつ、箸《はし》を持った手で行儀《ぎょうぎ》悪く「ポイ！」のジェスチャーをした。

「ははっ、そうだね。ありがとう。——あ。そういえば」

と、千登世は、ギョーザの皿に伸《の》ばした手を止めて、冷蔵庫《れいぞうこ》をふり返った。

「冷凍室《れいとうしつ》の底のほうにも、肉があったんだよねえ」

「へえ。いーじゃねーか、なんの肉だよ？」

「それが、よくわからなくて」

千登世は、冷蔵庫《れいぞうこ》を見つめたまま、眉《まゆ》をひそめる。

「けっこうかさがある、一かたまりの肉なんだけど。見た感じ、ブロック肉ともちがうみたいでさ。形は、どっちかっていうと、丸ごとのチキン……みたいな？」

「え〜！　そんなんあったら、めっちゃ豪華《ごうか》じゃないっすか〜！」

「丸焼きにして食おーぜ！　オレ、チキンの丸焼きって食ったことねーんだよ！」

「それは、ぼくもないけど。……いや、でもね」

色めき立つ楽央と竜之介に対し、千登世はちょっと申《もう》し訳《わけ》なさそうに、こまった顔をして言った。

「その肉、かなり霜《しも》がついてて、いつのものなのかわからないんだ。もしかしたら、すごく古い肉かも。なんか、色も変だったし」

「それは、食べるのが怖《こわ》いな。……いくら冷凍保存《れいとうほぞん》してあるとはいえ」

千登世といづみの言葉に、楽央と竜之介も、ガッカリした顔でうなずいた。

食事を終えたあと。

四人は、台所を片《かた》づけたり、風呂《ふろ》に入る順番をじゃんけんで決めたり、寝《ね》る準備《じゅんび》を整えていった。

そうしてこの日も、この家に閉《と》じこめられたまま、夜はふけていったのだった。

次の日も、その次の日も。

家から出る方法は見つからず、四人は【幽霊屋敷予定地《ゆうれいやしきよていち》】で眠《ねむ》りについた。

さらに次の日も、その次の日も。

脱出《だっしゅつ》の糸口は見えることなく、ただただ時間だけが過《す》ぎていって——。

あっという間に、一週間がたってしまった。

そのころには四人とも、この奇妙《きみょう》な共同生活に、不本意ながらなじんできていた。

家事の当番を決めて、協力して料理や洗濯《せんたく》や掃除《そうじ》をしたり。

リビングのソファで、ときにチャンネル争いをしつつ、テレビを見てくつろいだり。

当番やチャンネルを、最初、四人はじゃんけんで決めていた。

でも、いづみが異様《いよう》にじゃんけんに弱く、逆《ぎゃく》に千登世は異様《いよう》に強いということがわかって、不公平が起こったために途中《とちゅう》から方法を変えた。

その方法とは、トランプだ。

リビングにあるチェストの引き出しには、ちょっと高級感のあるトランプのカードが一式、入っていた。

四人はそれを、ババ抜《ぬ》きやら七ならべやら、ひまつぶしのゲームにも使ったが。

当番やテレビのチャンネルを決めるときは、より公平を期すために、もっと単純《たんじゅん》な使い方をした。

たとえば、「いちばん大きい数字のカードを引いた人が、テレビの好きなチャンネルを選べる」とかいうふうに。

もちろん、シェアハウス生活を、ただ楽しんでいたばかりではない。

この家からの脱出《だっしゅつ》方法については、毎日欠かさず話し合っていた。

そうやって、四人で共通の目的を持つ連帯感も、なんだかんだ心地《ここち》よかった。

四人で力を合わせれば、きっとなんとかなる。

みんな、心の底ではそんなふうに思っていたからだ。

――このときは、まだ。

＋

九月二十六日。

【幽霊屋敷予定地《ゆうれいやしき》】での生活も、二週間目に入った日。

その夜、四人はリビングのソファに集まって、テレビを見ていた。

番組内容《ないよう》は、都市伝説をテーマにした特番だった。

「あ、いづみさん。この特番、見たことあります～？　あたし、これ小さいころ見て、今もけっこう覚えてるんすけど～」

「いや、わたしは。……十年前の番組か。どんな話をやってるんだ？」

最後に風呂《ふろ》から上がって、リビングに入ってきたばかりのいづみはたずねる。

テレビの画面に映《うつ》し出《だ》されているのは、とある都市伝説の再現《さいげん》ＶＴＲ。

映像《えいぞう》の中のビル街の風景は、空が不穏《ふおん》な赤色に加工されていた。

「これは～、ふとした拍子《ひょうし》に異世界《いせかい》に迷《まよ》いこんじゃった人が、正体不明の人物に助けられて、もとの世界にもどるって話っす。たぶん、ネットで広まった話が元ネタっすね～」

「ふうん。……そういえば、帯多田《おびただ》の怪異《かいい》の中にも、そんな話があったな」

いづみのつぶやきに、竜之介も「あー」とうなずく。

「【シジマ】──か。結局あれって、ほんとはどーゆー話なんだろうな」

千登世と楽央も、テレビから意識《いしき》をそらし、四人は顔を見合わせる。

【シジマ】という名前の何かが出てくる話。

それを四人は、いつかどこかで聞いて、知っている気がしていた。

おそらくは、帯多田にはびこる怪異《かいい》のうわさの一つ、なのだろうけれど。

奇妙《きみょう》なことに、【シジマ】という名前以外は、なぜか誰《だれ》も覚えていないのだ。

【シジマ】にまつわる怪異《かいい》の話が、どんな内容《ないよう》なのか。

四人は以前、当てずっぽうで考えてみたことがあった。

そのとき思いついた話を、竜之介は思い返して口にする。

「えーと、なんだっけか。【シジマ】は──帯多田のどこかにいる、孤独《こどく》でさびしがりやの怪異《かいい》で、夜にしか出会うことができなくて」

「その正体を知った者は……二度ともとの世界に帰れなくなる」

と、いづみも横から続きを述《の》べた。

「それから、神隠《かみかく》しにあった人間に手を貸《か》して、もとの世界に帰してくれる、だったよね」

千登世もそう付け加えた。

「そーそー。【シジマ】がほんとにそーゆー怪異《かいい》だったらさあ、オレらのこと、助けにきてくれるかもしんねーのにな。今の状況《じょうきょう》って、一種の神隠《かみかく》しとも言えるじゃん？」

「……可能性《かのうせい》は、あるかもしれないっすよ」

ぽつりと、楽央が言った。

思わず楽央を見て、いづみはたずねる。

「どういうことだ。……【シジマ】について、あれから、何かわかったのか？」

「ええ。ほら〜、あたし、ちょっと前から、ネットの匿名掲示板《とくめいけいじばん》使って帯多田の怪異《かいい》の情報《じょうほう》集めてる、って言ったでしょ〜？　そこで、【シジマ】についても聞いてみたんすよね。さっきならべたような話を添《そ》えて、『たとえばこんなうわさを聞いたことないですか？』って」

「さっきならべた話は……あくまで、わたしたちの当てずっぽうだろう」

「の、はずなんすけどね〜。どうしてか、『そういえばそんな話、聞いたことある』って反《はん》応《のう》が、けっこうあったんすよ」

話した楽央も、いづみたち三人も、おかしな話に首をかしげた。

「でも、だったら。ぼくたち、ひょっとすると──【シジマ】に会えるかもしれないね？」

千登世のその言葉に、みんな、小さく息をのむ。

【シジマ】に、会えるかもしれない。

そう思うと、四人はなんだかドキドキした。

それは、何かだいじなことを思い出せそうな、不思議な胸騒《むなさわ》ぎだった。

「【シジマ】さ〜ん。うちらのこと、助けてください！　もとの世界に帰してくださ〜い！」

楽央は固く目をつぶって、顔の前で手を組んだ。

あとの三人もそれに続いて、思い思いに祈《いの》りのポーズをとった。

□□■□□

【シジマ】──と。誰《だれ》かに呼《よ》ばれたような気がした。

ってことは、それが俺《おれ》の名前、なんだろうか？

覚えてない。わからない。

そういえば、ここはどこだろう？

窓《まど》のない部屋。さびしいけど、安心できる。どことなく、なつかしいような感じがする。

どうして、俺《おれ》はここにいる？

……ああ、そうか。呼《よ》ばれたからか。

俺《おれ》を呼《よ》んだ誰《だれ》かが、きっと、この近くにいるんだな。

孤独《こどく》でさびしがりやで。夜にしか出会うことができなくて。

神隠《かみかく》しにあった人間に手を貸《か》す怪異《かいい》。

それが、俺《おれ》なのか？

まあ……そういうことになってるなら、べつにいいけど。

帯多田の土地には、無数の怪異《かいい》がはびこってる。

変化する怪異《かいい》もあれば、新たに生まれる怪異《かいい》もある。

【シジマ】という名前の何かが出てくる、こんなうわさを聞いたことがないですか？

そうたずねられた人間は、知らないはずのそのうわさを、どこかで聞いて知っていたように思ってしまう。

そんな【シジマ】という怪異《かいい》が、新たにこの土地に生まれたってことだ。

でも、どうして【シジマ】が俺《おれ》なんだろう？

よりにもよって、俺《おれ》が、人間を手助けする怪異《かいい》だなんて。

ああ、どうしよう、こまったな。

人間に手を貸《か》すって、何をどうしたらいいいんだろう――……？

□□■□□

都市伝説特集の番組が終わって、いかにもホラーチックなエンディングが流れたあとは、うってかわって明るい雰囲気《ふんいき》の洗剤《せんざい》のＣＭになった。

ふっと空気がゆるんで、一瞬《いっしゅん》、いつもの日常《にちじょう》にもどってきたかのような感覚になる。

……が。

「あー。なっつかしーな、このＣＭ。幼稚園《ようちえん》ぐらいのとき？　いや、もうちょい前か。よく流れてたよなー」

「そういえば、見たことあるっすね～」

今いるここが、十年前の世界だという現実《げんじつ》に、四人はあえなく引きもどされた。

時刻《じこく》はすでに深夜0時前。

夜遊び同盟《どうめい》の四人にとっては、まだまだあくびの一つも出ない時間帯だ。

移《うつ》り変《か》わるCMを流し見しながら、次はどのチャンネルにしようか、と話し合う。

けれど、話し合いでは決着がつかなかったので、チェストの引き出しからまたトランプが取り出された。

そのときだった。

テレビの音声が、ふいにザザッとノイズを鳴らした。

画面に目をやると、そこに映《うつ》し出《だ》されていたのは、やけに暗くて不明瞭《ふめいりょう》な映像《えいぞう》だった。

「ん？　これも、CMっすかね？」

「いや……それにしちゃ」

楽央と千登世は、いぶかしげな声で言い交《か》わす。

何十秒たっても、映像《えいぞう》はまったく変わらない。

ナレーションや俳優《はいゆう》のセリフも聞こえてこないし、そもそも人の姿《すがた》が映《うつ》らない。

どこともしれない道路の風景が、安い防犯《ぼうはん》カメラのような粗《あら》い画質《がしつ》で、ただ垂《た》れ流《なが》されている感じなのだ。

道路の手前に見えるのは……どこかの家の、庭の門？

「おい。これって──」

竜之介が、テレビのほうへ身を乗り出す。

「今映《うつ》ってんの、この家の前じゃねーか？　ここの玄関《げんかん》から見た景色って、これと同じ」

と──その直後。

外で車の音がした。

静かな夜の道路に響《ひび》く走行音が、家の前で止まる。

まったく同時に、テレビ画面の中にも車が現《あらわ》れ、それは家の門の前で停《と》まった。

車は、真っ黒な荷台のトラックだった。

箱形の荷台の端《はし》には、白抜《しろぬ》きの文字で、何かの数字が書かれている。

ハイフンをはさんだその数字は、電話番号か何かだろうか？

トラックのドアが、開く。

真っ黒な作業着を着た人物が、トラックから降《お》りる。

その人物は、門をくぐって玄関《げんかん》に近づき、扉《とびら》の前で立ち止まった。

そして、人さし指を立てて、扉《とびら》の横に手を伸《の》ばした。

ピンポーン

チャイムの音は、テレビではなく、ぜんぜんちがう方向から響《ひび》いた。

二度、三度。淡々《たんたん》と同じ音が響《ひび》いて、やんだ。

それから、映像《えいぞう》の中の人物は、チャイムのボタンを押《お》す手を下ろし、作業着のポケットから携帯《けいたい》電話を取り出した。

その数秒後。


プルルルルル……


呼《よ》び出《だ》し音《おん》を鳴らしたのは、リビングの固定電話だった。

電話を見つめて、四人は身をこわばらせる。

数コールののち、千登世が意を決したように立ち上がり、電話に近づいた。

電話番号は、非通知《ひつうち》だった。
おそるおそる受話器を取る千登世のまわりに、あとの三人も集まって、息をひそめる。
テレビ画面の中で、玄関先《げんかんさき》に立つ人物が口を動かす。
『………を、……り……しょ……』
映像《えいぞう》に合わせて、受話器の向こうから声がもれた。
ほとんど聞き取れない、ノイズにまみれた声。
『ごい……を、……り……しょうか？』
画面の中の、受話器の向こうの人物は、同じ言葉をくり返したようだった。
一回目より、それは少しだけ多く聞き取れた。
けれどまだ、なんと言っているのかわからない。
画面の中の人物が、もう一度、ゆっくりと口を開く。
三回目のその言葉は、はっきりと聞き取れた。
『ご遺体《いたい》を、お作りいたしましょうか？』

ガチャン！

千登世は思わず、たたきつけるようにして受話器を置いた。

テレビ画面の中で、玄関先《げんかんさき》の人物は、通話の切れた携帯《けいたい》電話をポケットにしまう。

直後に、玄関《げんかん》のほうから。

ガチャガチャガチャガチャガチャガチャガチャガチャガチャガチャ

玄関先《げんかんさき》の人物は、つかんだドアノブを淡々《たんたん》と上下させ続ける。

「鍵《かぎ》――は……かかってるんだよね？」

震《ふる》える声で、誰《だれ》にともなく千登世は問う。

誰《だれ》も答えられなかった。

外に出られない家だから、出入りは不可能《ふかのう》なのだと思いこんで、誰《だれ》も戸締《とじ》まりなど気にしていなかった。

けれど――出るのはともかく、入るのは？

サポートスタッフから聞かされた、あの理不尽《りふじん》なルールを、四人は思い出していた。

惨劇《さんげき》の計画書を、もしも期限内《きげんない》に提出《ていしゅつ》できなかったら。

そのときは——この家に〝侵入者《しんにゅうしゃ》〟が押《お》し入《い》り、四人全員を殺害する。

期限《きげん》までは、まだ日にちがあるはずだ。

そうとわかっていても、気が気ではなかった。

耳ざわりな音を聞きながら、四人は息をつめて、テレビの映像《えいぞう》を見つめ続けた。

どのくらいのあいだ、そうしていただろうか。

ふいに、音がやんだ。映像《えいぞう》の中の人物が、ドアノブから手を離《はな》した。

その人物は、玄関《げんかん》に背《せ》を向け、庭を出ていき、黒い荷台のトラックに乗りこんで。

トラックを走らせ、画面の外へと消え去った。

遠ざかっていくトラックの走行音。

それが聞こえなくなるころには、テレビの映像《えいぞう》も切《き》り替《か》わって、海外のコメディドラマが始まっていた。

「……今のが。——スタッフの野郎《やろう》が言ってた〝侵入者《しんにゅうしゃ》〟か？」

ため息とともに、竜之介がつぶやく。

四人は顔を見合わせた。どの顔からも血の気が失《う》せていた。

あっははは……。
ふいに響《ひび》いた何人もの笑い声は、コメディドラマに差しこまれた効果音《こうかおん》だった。
楽央は、苦笑いを浮《う》かべてリモコンを手に取り、チャンネルを変えた。
誰《だれ》も、テレビを消そうとは言わなかった。
もしかしたら、また何か、おかしなものが映《うつ》るかもしれない。
それでも今は、静かになるのがいやだったのだ。
惨劇《さんげき》の計画書を、もしも期限内《きげんない》に提出《ていしゅつ》できなかったら。
そのときは――さっきのやつが、家の中に入ってくるんだろうか？
四人の住人を〝遺体《いたい》〟にするために。
幽霊屋敷《ゆうれいやしき》にふさわしい〝一家全員殺害〟という惨劇《さんげき》を起こすために。

＋

【シジマ】の手助けを待ちながら、三日がたった。
が、今のところ、それらしきものは何もない。

自分たちの頼《たの》みは、【シジマ】に届《とど》かなかったんだろうか？

それとも、しょせんうわさはうわさ、なんだろうか？

そんなことを考えつつ、千登世は昼下がりのキッチンで一人、夕食の準備《じゅんび》をしていた。

そのとき、廊下《ろうか》のほうからドタドタと、荒《あら》っぽい足音が近づいてきた。

（リューノだな）

野菜を刻《きざ》んでいた手を止めて、千登世はリビングのドアをふり向く。

リビング、ダイニング、キッチンはひと続きの空間になっているので、千登世は調理台の前に立ちながら、そのドアを目に入れることができた。

ドアが開く。思ったとおり、やってきたのは竜之介だった。

しかし、その姿《すがた》を見た千登世は、ギョッとした。

部屋に入ってくるなり、竜之介はモップをふり上げ、飛《と》びかかってきたからだ。

「――!?」

竜之介は千登世めがけて、思いっきりモップをふり下ろす。

千登世は、とっさにその場から飛びのきそれをよけ、すかさずモップの柄《え》をつかんだ。

ヘッド部分を踏《ふ》みつけ、モップを持ち上げられないようにして、千登世は竜之介の顔を見

上げる。

「リューノ⁉　いきなり、何するんだよ！」

「いや……〝侵入者《しんにゅうしゃ》〟が入ってきたときの対策《たいさく》に、なんか防犯《ぼうはん》訓練的なこと、しといたほうがいいかと思って」

竜之介は、モップを手放し頭をかいた。

千登世は、一気に肩《かた》の力が抜《ぬ》けて、うなだれた。

「もう……。それにしたって、やり方ってものがあるでしょ。心臓《しんぞう》に悪いなあ」

「おまえらがのんきにしてっから、ちょっとは緊張感《きんちょうかん》、取りもどさせてやろうと思ったんだよ！　そんな家事とかして——ふつーに生活してる場合じゃねーだろ！」

などという会話をしているところに、また足音が近づいてきた。

パタパタと、急いではいるが、規則正《きそくただ》しく小さめの足音。

「どうした。……何か、あったのか」

ドアから顔をのぞかせたのは、いづみだった。

「ああ。ごめん、イヅ。べつに、なんでもないんだけど」

「なんでもなくはねーんだよ。ここ三日、おまえの作る飯、日に日に手のこんだメニューになってるし！　いづみはいづみで、気がつきゃ家ん中あちこち掃除《そうじ》ばっかしてるし！　――もっとほかに、やることあんだろーが、今はよお！」

もどかしげに歯がみされ、千登世は、肩《かた》をすくめてうなずいた。

「うん……そうだよね。ただ、今までにも、脱出《だっしゅつ》しようとひと通りのことは試《ため》して、ムダだったからさ。もうどうしていいかわからなくて、つい、家事に逃避《とうひ》しちゃって……」

ため息交じりの千登世の言葉に、いづみもまた、コクリとうなずいた。

「あー。でも、よかったあ。リューノが、裏切《うらぎ》ろうとしたとかじゃなくて」

「はあっ⁉　あたりめーだろ！」

心外だと言いたげに、竜之介は、あきれた顔で千登世をにらんだ。

千登世は「だよね」とほほ笑《え》んで、竜之介にハグをしようと手を伸《の》ばす。

竜之介はあわてて両手を突《つ》き出《だ》し、抱《だ》っこをいやがる猫《ねこ》のように、腕《うで》を突《つ》っぱってそれを阻止《そし》した。

そうして、そのあと。

楽央もリビングに呼《よ》んで、四人は会議を開くことにした。

議題は――。

「『侵入者《しんにゅうしゃ》を撃退《げきたい》する作戦会議』っすー！　さあっ、どんどん意見、出してきましょ〜！」

千登世と竜之介は、楽央とともに「おー！」とこぶしを突《つ》き上《あ》げた。

「侵入者《しんにゅうしゃ》って、どっから侵入《しんにゅう》するんだろーな？　前に玄関《げんかん》に来たやつがそうなら、あのまま玄関《げんかん》のドアから入ってきそうだったけど」

「ドアにしろ窓《まど》にしろ、そのときは、一瞬《いっしゅん》でも出口が開くってことっすよね？　その隙《すき》をついて、うちら外に出ていくことって、できないもんすかね〜」

「一か八《ばち》か、やってみる価値《かち》はあるかもね。けど、なんにせよ相手は〝一家殺害〟のための武器《ぶき》なり凶器《きょうき》なりを持ってる可能性《かのうせい》が高いだろうから。こっちも、侵入者《しんにゅうしゃ》に対抗《たいこう》するだけの得物《えもの》（＊1）が欲《ほ》しいところだけど……」

「得物《えもの》、なあ。地下室に、斧《おの》とかチェーンソーとかありゃよかったんだけどなあ」

「あ〜。ごちゃごちゃいろいろ置いてましたけど、武器《ぶき》になりそうなものは、たしかに見当たらなかったっすね〜、あの地下室」

「うーん。家の中で、攻撃力《こうげきりょく》の高そうなものっていったら……」

千登世はあたりを見回して、おもむろに腰《こし》を上げ、キッチンへと向かった。

「ぼくなら、これを使うかな」

千登世が手に取ったのは、中華包丁《ちゅうか》。

重量と厚《あつ》みのある四角い刃《は》を、包丁立てからすらりと引《ひ》き抜《ぬ》き、電灯の光にかざす。

「やっぱ、包丁は定番ですよね〜。あとは……あっ。食器とか、どうっすか？　陶器《とうき》の皿やガラスのコップを、侵入者《しんにゅうしゃ》に思いっきり投げつけるんすよ！」

「なるほど。食器なら、数もかなりそろってるし、いいかもなそれ！」

そんな調子でわいわいと、楽央と千登世と竜之介は、いろいろ案を挙げていった。

だが、いづみだけは、ずっと口を閉《と》ざしたままだった。

「おい、いづみ。おまえは、なんかないのかよ」

竜之介に呼《よ》ばれて、うつむいていたいづみは、ややきまり悪そうに顔を上げた。

「……わたしは。……こちら側が、どんな方法で対抗《たいこう》しようと……侵入者《しんにゅうしゃ》が現《あらわ》れてしまったら、その時点でもう、どうしようもないかもしれない……と、思っている」

そう言って、いづみはふたたびうつむいた。

ほかの三人は、思わず口をつぐんで、いづみを見つめる。

＊1「得物《えもの》」…自分の得意《とくい》とする武器《ぶき》。

もしも……と、いづみは続けた。

「侵入者《しんにゅうしゃ》が、銃《じゅう》や、毒ガスを使ったら……？　この家に、火を放ったら……？　こちら側に、多少の武器《ぶき》があったとしても、太刀打《たちう》ちできるものじゃない。……それに。侵入者《しんにゅうしゃ》に、はたして物理攻撃《こうげき》が、通用するのか？　……あのサポートスタッフのように、取《と》り押《お》さえることとさえ、不可能《ふかのう》かもしれないだろう……」

しばらくのあいだ、沈黙《ちんもく》が流れた。

それを破《やぶ》って、竜之介が口を開く。

「け……けどよっ。どうにかできる可能性《かのうせい》がゼロじゃないなら、侵入者《しんにゅうしゃ》への対抗策《たいこうさく》も、考えといて損《そん》はねーだろ⁉」

「ああ、もちろんだ。……ただ、わたしが言いたいのは」

竜之介につられて、いづみはめずらしく語気を強める。

「計画書を提出《ていしゅつ》せず、侵入者《しんにゅうしゃ》に対峙《たいじ》するという状況《じょうきょう》は……できるかぎり、避《さ》けるべきだということだ。……それは、本当に、最後の手段《しゅだん》だ。……その状況《じょうきょう》になれば、もう、誰《だれ》一人、助からない、い、い、なくなるかもしれない。そのリスクが、高すぎる……！」

必死なまなざしで、いづみは竜之介をにらみつけた。

竜之介は、顔をしかめて頭をかいた。

「あー……たしかに。『どうにかなるかも』って油断《ゆだん》したまま、最終日になって、侵入者《しんにゅうしゃ》が来ちまったら――それこそ、【幽霊屋敷予定地《ゆうれいやしき》】の思うつぼなのかもしんねーな」

よし、と。竜之介は、胸《むね》の前でこぶしをにぎる。

「じゃーやっぱ、侵入者《しんにゅうしゃ》を撃退《げきたい》しようって考えるのは、ナシだ！　そういう状況《じょうきょう》になるより前――最終日の、十月十九日が来る前に！　四人全員でこの家を脱出《だっしゅつ》して、怪異《かいい》の鼻を明かしてやろーぜ！」

三人に向かって、竜之介は不敵《ふてき》な笑《え》みを浮《う》かべた。

それに対して、いづみは鋭《するど》く目を細め。

楽央は、八重歯《やえば》をのぞかせ笑い返し。

千登世は、口元を引《ひ》き締《し》めて。

三人はそれぞれ、力強くうなずいた。

＋

四人がこの家に「入居《にゅうきょ》」してから、十五日目のことだった。

午後三時ごろ、四人がリビングでおやつを食べていると、ふいにドアがノックされ、サポートスタッフが現《あらわ》れた。

今日はその手に、四枚《まい》のクリップボードを抱《かか》えていた。

「みなさま、お久《ひさ》しぶりです。最終日まで、あと半月となりましたね。計画書の進捗《しんちょく》は、いかがでしょうか？」

四人は、警戒《けいかい》と敵意《てきい》をこめてスタッフをにらむ。

そんな視線《しせん》を意に介《かい》するようすもなく、スタッフは、ソファの横のチェストに近づく。

チェストの引き出しには、半月前に渡《わた》された「惨劇《さんげき》の計画書」がしまわれていた。

当然だが、計画書のどの欄《らん》にも、四人はまだ何も書きこんでいない。

それを手に取ったスタッフは、白紙の記入面に目を落とし、「なるほど」とうなずいた。

「具体的なことは、まだ何も決まっていない、という段階《だんかい》でしょうか？　いえいえ、かまいませんよ。残りの期間を使って、じっくり決めていただければ」

スタッフは、記入面を上にして、計画書をテーブルの上に置いた。

「とはいえ――。どのような惨劇《さんげき》を起こすか話し合ってください、と言われても、なかなか勝手がわからなくて、こまってしまいますよね。みなさまは親しいご友人同士ですから、なおさらでしょう」

スタッフは、特徴《とくちょう》のない顔を、営業《えいぎょう》スマイルの手本のようにほほ笑《え》ませる。

いらついた竜之介が、無言でテーブルの脚《あし》を蹴《け》った。

テーブルに置かれたティーカップがゆれて、あやうく中身がこぼれそうになる。

いづみは、計画書の近くにあった自分のカップをあわてて持ち上げ、少し飲んで中身を減《へ》らした。

「そこで」

と、スタッフはかまわず続ける。

「このたびは、計画書の作成の一助になればと思いまして、このようなものをご用意させていただきました」

そう言って、スタッフは、持っていたクリップボードを一枚《まい》ずつ、四人に配った。

ボードには、一枚《まい》の紙がはさまっていた。

「惨劇《さんげき》を計画するにあたって、今からかんたんな意識調査《いしきちょうさ》を行います。少々お時間いただきますが、ご協力のほどよろしくお願いいたします」

配られた紙は、アンケート用紙だった。

その項目《こうもく》を見て、四人は表情《ひょうじょう》をこわばらせた。

第一問：ほかの三人の中から、あなたが一人殺すとしたら誰《だれ》を選ぶ？
第二問：その理由は？
第三問：ほかの三人の中で、あなたがいちばん殺したくないのは誰《だれ》？
第四問：その理由は？

「……こんなの、答えられないよ」

千登世は、すなおな感想を口にした。

「だよなー。ハッ、くっだらねえ」

竜之介は、クリップボードを床《ゆか》に投《な》げ捨《す》てた。

「この紙、裏《うら》に何も書いてないんで～、切り分けてメモ用紙にしてもいいっすか～？」

楽央は、ボードからはずした用紙を破《やぶ》るまねをする。

「無回答……あるいは『誰《だれ》も選べない』と書いて提出《ていしゅつ》しても、かまわないか?」

いづみは、それでも真面目《まじめ》にルールを確認《かくにん》した。

すると。

「ええ。お名前のみ記入して、アンケートには無回答で提出《ていしゅつ》、という形でかまいませんよ」

意外にも、スタッフはいづみの問いにそう答えた。

四人は、拍子《ひょうし》抜《ぬ》けして息をつく。

「ですので、用紙は切ったり破《やぶ》いたりせず、こちらにお返し願います」

言いながら、スタッフは四人にボールペンを配った。

竜之介はしぶしぶボードを拾い上げ、アンケート用紙の氏名欄《しめいらん》に、舌打《したう》ちしつつ自分の名前をなぐり書きした。

いづみ、楽央、千登世も、それぞれ名前だけ書いて、四人はアンケートを提出《ていしゅつ》した。

「これで、文句《もんく》ねえんだな?」

竜之介は、スタッフをにらんで念を押《お》す。

スタッフは、「もちろんです」とうなずいた。

「お名前だけで、じゅうぶんなのですよ。というのも——このアンケートは、ご自身の手でお名前さえ書いていただければ、アンケートの回答がすべて自動で記入される、という手間のかからないものですので」

「なっ……はあっ⁉」

竜之介は、思わず声を上げて立ち上がった。

「自動で――って、なんだそりゃ？　人のアンケートに、勝手にテキトーなこと書きこむんじゃねーよ！」

「ご心配なく。回答の自動記入は、あなた方の本心や深層《しんそう》心理を、この上なく正確《せいかく》に読み取っておこなわれます。むしろ、ご自身で記入していただくよりも、ずっと信頼性《しんらいせい》のあるアンケート結果になりますよ」

油断《ゆだん》した――と四人は思う。

言われるままにアンケートに名前を書いたりなど、するべきではなかったのだ。

千登世は、スタッフに回収《かいしゅう》されたアンケート用紙を見つめ、ソファから腰《こし》を浮《う》かせる。

スタッフは、それをちらりと見て言った。

「千登世さま。このアンケート用紙を、奪《うば》って破棄《はき》するおつもりですか？」

「……」

「アンケート結果を知られたくない、知りたくない、とお思いですか？　それはつまり、ご友人に知られてはこまる本心があると？　あるいは、誰《だれ》かの本心を知りたくないと？」

「え？　いや、そういうわけじゃ……」

「でしたら、かまわないでしょう。ご自身にやましいことがなく、また、ご友人のことを心から信頼《しんらい》しているのであれば」

「え……あ……？」

千登世は声をつまらせた。

何も言えなくなったのは、ほかの三人も同じだった。

「さて、それでは。アンケートの自動記入が完了《かんりょう》したようですので、回答を読み上げさせていただきますね」

勝手に話を進めるスタッフを、誰《だれ》も邪魔《じゃま》できなかった。

竜之介も、おとなしくソファに座《すわ》り直す。

さっきのスタッフの言葉に、四人とも、すっかり釘《くぎ》を刺《さ》されてしまっていた。

「まずは……そうですね。紙多《しだ》いづみさまのご回答です」

ぴくり、といづみは眉《まゆ》を動かしたが、その無表情《むひょうじょう》はほとんど変化しなかった。

「第一問。ほかの三人の中から、あなたが一人選んで殺すとしたら。いづみさまが選ぶお相手は――**柊《ひいらぎ》 楽央**さま、とのことです」

いづみの眉《まゆ》が、今度は表情《ひょうじょう》の変化がわかるほどにゆがんだ。

回答をいぶかしむようにも、図星をつかれたようにも、どちらにも見える顔だった。

楽央はおどろき、とまどっていづみを見つめる。

いづみは楽央に目をやることなく、視線《しせん》をとがらせ、スタッフに続きをうながした。

スタッフは、うなずいて続けた。

「第二問。いづみさまが、殺すお相手に楽央さまを選んだ理由は――『**身体能力《のうりょく》の差が最も少ない相手だと思うから**』とのことです」

それを聞いて、いづみは眉間《みけん》のしわをゆるめた。

自分でも、その理由が腑《ふ》に落ちたかのように。

「続きまして、第三問。いづみさまが最も殺したくないお相手は――**片瀬《かたせ》千登世**さま、とのことです。第四問。その理由は――『**身体能力《のうりょく》の差が大きく、最も勝ち目がない相手だから**』」

スタッフは、最後まで読み上げたいづみのアンケートから、顔を上げた。

「いかがですか？　いづみさま」

「……そうだな。……殺す相手と殺したくない相手を、どうしても選ばなければならないとしたら……たしかに、わたしは……そういう基準《きじゅん》で選ぶかもしれない」

答えながら、いづみはきまり悪そうに目をふせた。

「毒殺や放火殺人、などの方法もあるにせよ……仮《かり》に、直接的《ちょくせってき》に手を下さなければならない状況《じょうきょう》になったとき……身体能力《のうりょく》でかなう相手かどうか、という点は重要だ。……もっとも、じっさいには……わたしでは、たぶん楽央が相手でも、勝てないだろうとは思っているが」

「なるほど、ありがとうございます」

スタッフは、ゆっくりとうなずいた。

「いづみさま。あなたはどうやら、合理的に物事を考える人間のようですね。――しかしながら、いづみさまのご回答は、ご友人を殺す殺さないの判断基準《はんだんきじゅん》としては、あまりにドライすぎるのではないでしょうか？」

スタッフの指摘《してき》に、いづみは何も言い返せない。

「いづみさまのご回答に、ご友人への悪意や敵意《てきい》は読み取れません。けれどもその一方で、親愛の情《じょう》も感じられません。そんないづみさまは――『友人を殺すのが合理的』という状《じょう》況《きょう》にさえなれば、それを実行できる人間なのかもしれませんね」

いづみは無言でうつむいた。

濃色《のうしょく》のマスクで半分隠《かく》れたその顔には、動揺《どうよう》がにじんでいた。

「――そんなこと、ないっすよ！」

と、楽央はたまらず声を上げた。

「いづみさんはねえ、こう見えて情《じょう》に厚《あつ》い女っすよ！　そのアンケート、やっぱ信頼性《しんらいせい》があやしいんじゃないっすか～？」

「楽央……」

いづみは、気はずかしそうに目を細めた。

スタッフは、うっすら浮《う》かんだ営業風《えいぎょうふう》スマイルを微動《びどう》だにさせず、頭を下げる。

「それは、失礼いたしました。――楽央さまは、いづみさまのことを、よくご理解《りかい》なさっているご自信があるのですね」

「そりゃ～、いづみさんとは、付き合い長い仲っすからね～」

楽央は腕組《うでぐ》みして、フンッとイスの背《せ》にふんぞり返った。

スタッフは、四枚《まい》重ねて持ったクリップボードの順番を入《い》れ替《か》える。

すでに読み上げたいづみのアンケートを下にして、代わっていちばん上に出てきたアンケート用紙に目を落とす。

「では、続きまして。……次は、片瀬千登世さまのご回答です」

千登世はハッと息をのみ、不安げに顔をくもらせた。

「第一問。ほかの三人の中から、あなたが一人選んで殺すとしたら。千登世さまが選ぶお相手は——**的場《まとば》竜之介**さま、とのことです」

「……えっ」

思わず声をもらしたのは、千登世ではなく、竜之介のほうだった。

が、おどろいたのは千登世も同じだった。

「え……どうして……?」

千登世は、困惑《こんわく》しながらスタッフにたずねる。

スタッフは、うなずいて続けた。

「第二問。千登世さまが、殺すお相手に竜之介さまを選んだ理由は——『**あみだくじ**』とのことです」

ぽかん……と、四人はあっけに取られる。

少しの沈黙《ちんもく》のあと。

千登世は、自ら聞き返した。

「えっと……それって、どういう……？」

「言葉どおりの意味でしょうね。千登世さまは、ご自分でもおっしゃっていたように、本当にこの問いに答えられない、誰《だれ》も選ぶことができないということです」

「……それでも、どうしても、誰《だれ》かの名前を挙げなきゃならなかったら。その誰《だれ》かを、ぼくは、あみだくじで決めるってこと？」

「はい。ですので、第一問に竜之介さまのお名前が記入されたのは、たまたまですね」

それを聞いて、千登世はようやくホッと息をついた。

「だってさ、リューノ」

「あ……ああ」

千登世は竜之介にほほ笑《え》んだが、竜之介は引きつった笑《え》みを返した。

理由がわかってもなお、名前を挙げられたショックが、まだ尾《お》を引いているようだった。

「続きまして、第三問。千登世さまが最も殺したくないお相手は――**柊楽央**さま、とのことです。第四問。その理由は――『あみだくじ』」

スタッフは続きを読み上げたが、もうあまり意味はなかった。

名前を挙げられた楽央は、ほんの少しだけドキッとしたものの。

第四問の回答に、千登世もほかの者も「まあそうだろうな」と思っただけだった。

「いかがですか？　千登世さま」

「え……ああ、うん。そうだね。やっぱりぼくは、どっちの質問《しつもん》に対しても、三人の中から自分の意思で誰《だれ》かを選ぶことは、できないと思う。あみだくじって回答には、納得《なっとく》かな」

「そうですか。千登世さまの中で、ほかのお三方はみな、まったく等しく大切な存在《そんざい》なのですね。他人に対するあつかいに差はつけられない、と。千登世さまは、博愛の精神《せいしん》をお持ちの方なのでしょうか？」

その質問《しつもん》に、千登世はくすり、と小さく笑った。

「そうじゃないよ。博愛って、愛情《あいじょう》の対象が〝不特定多数〟でしょう？　ぼくの場合、それは〝特定有数〟。全人類の中で、ここにいる三人……夜遊び同盟《どうめい》のみんなのことが、特別に大切なんだよ。その大切さに差がないっていうのは、そうだけど」

はずかしげもなく、おだやかな笑《え》みを浮《う》かべて、千登世は言った。

「なるほど、ありがとうございます」

スタッフは、ゆっくりとうなずいた。

「千登世さま。あなたはどうやら、ご友人思いの愛情《あいじょう》深い人間のようですね。――しかしながら、誰《だれ》かを選ばなければならない状況《じょうきょう》で『誰《だれ》も選べない』という態度《たいど》は、優柔不断《ゆうじゅうふだん》と言《い》い換《か》えることもできるでしょう」

スタッフの指摘《してき》に、千登世はその顔から笑《え》みを消す。

「優柔不断《ゆうじゅうふだん》は、ときに悲惨《ひさん》な結果をまねくものです。いざというとき、このアンケートと同じように、あみだくじで割《わ》り切《き》れるのであれば、まだ良いかもしれません。けれど、そうでない場合――『誰《だれ》も選べない』千登世さまは、どのような選択《せんたく》をなさるのでしょうね？」

千登世は、スタッフから目をそらして、不安をまぎらわすように前髪《まえがみ》を指ですいた。

スタッフは、四枚《まい》重ねて持ったクリップボードの順番を、また入《い》れ替《か》える。

「では、続きまして。……次は、的場竜之介さまのご回答です」

竜之介は、うつむいた姿勢《しせい》のまま、わずかに肩《かた》をはね上げた。

その息遣《いきづか》いには、隠《かく》しきれないおびえが交《ま》じっていた。

「第一問。ほかの三人の中から、あなたが一人選んで殺すとしたら。竜之介さまが選ぶお相手は――**片瀬千登世**さま、とのことです」

竜之介は、顔を上げずに目を見開く。

千登世は息をのんだ。が、すぐに、心配そうな目を竜之介へ向けた。

「第二問。竜之介さまが、殺す相手に千登世さまを選んだ理由は――『**頼**《たの》**んだら、いちばんすんなり殺させてくれそうだから**』とのことです」

うつむく竜之介の顔が、大きくゆがんだ。

ひざのあいだで組んだその手は、いつの間にか、小刻《こきざ》みに震《ふる》えだしていた。

静まり返るリビングに、スタッフの特徴《とくちょう》のない声だけが、ただ響《ひび》く。

「第三問。竜之介さまが最も殺したくない相手は――**柊楽央**さま、とのことです。第四問。その理由は――『**いちばんおとなしく殺されてくれそうにないから**』」

竜之介は、歯を食いしばったまま、何も言わない。

反論《はんろん》も言《い》い訳《わけ》もしない、そんな竜之介の心の内を、千登世たち三人は測《はか》りかねていた。

「いかがですか？　竜之介さま」

「…………」

「アンケートのご回答は、竜之介さまの本心でまちがいありませんでしょうか？　あるいは、ご自身の深層《しんそう》心理が反映《はんえい》されていると思いますか？」

「……知るかよ」

低く震《ふる》える、ほとんど聞き取れないほど小さな声で、竜之介は吐《は》き捨《す》てた。

「……けど。アンケートにそう書かれたんなら、そーなんじゃねーの？」

依然《いぜん》としてうつむいたまま、竜之介は、唇《くちびる》の片端《かたはし》をつり上げた。

「あー、はいはい……！　わかってんだよ！　オレの本心だの深層《しんそう》心理だのなんて、ロクなもんじゃねーんだ、どーせ！」

「なるほど、ありがとうございます」

スタッフは、これまでとまったく態度《たいど》を変えることなく、ゆっくりとうなずいた。

「竜之介さま。あなたはどうやら、ご友人に対する甘《あま》えが強い人間のようですね」

「……っ」

「『無理な頼《たの》みでも聞いてほしい』というその甘《あま》えは、お相手への信頼《しんらい》あってこそなのかもしれませんが――『無理な頼《たの》み』にも、さすがに限度《げんど》というものがあるのでは？」

「……もう、いいって」

「そして、殺すか殺したくないかを考えるさいに、竜之介さまにとって重要なのは、『自分の要求を受け入れてもらえるかどうか』なのですね。要求を受け入れてくれそうにない相手は、殺したくない。それは、相手から拒否《きょひ》や拒絶《きょぜつ》が返ってくるのが、怖《こわ》いからでしょうか？」

「――黙《だま》れよっ、もうっ……！」

たまらず竜之介は、まだ中身が残ってるティーカップを、スタッフめがけて投げつけた。

スタッフは、クリップボードを顔の前に持ち上げる。

ガッ、と音を立ててボードの裏《うら》にあたったカップは、紅茶《こうちゃ》をまき散らして床《ゆか》に落ちた。

フローリングの上を、どうやら割《わ》れずに転がったカップが、その動きを止めたあと。

「……あのね、リューノ」

千登世は、となりに座《すわ》る竜之介の肩《かた》に、そっと手を置いた。

「言っとくけど、ぼくだって、おとなしくリューノに殺されたりしないよ」

そう言われて、竜之介は、ぎくりと肩《かた》をこわばらせた。

千登世の顔を見ることができず、竜之介は固くうつむく。

その青ざめた横顔を見つめて、千登世は言った。

「だって、そんなことしたら、リューノが人殺しになっちゃうでしょ？　ぼくは、リューノに人を殺してほしくない。だからさ、もし殺されそうになったら、そのときはめちゃくちゃ抵抗《ていこう》するよ？」

「――……」

竜之介は、ぎこちなく千登世をふり向く。

千登世は竜之介と目を合わせ、にこりとおだやかにほほ笑《え》んだ。

そんな二人のようすを見て、いづみと楽央はホッとする。

「あっ。っていうか～。第一問の回答、千登世さんは竜之介さんを選んで、竜之介さんは千登世さんを選んでるんすよね～。ある意味、両思いじゃないっすか！」

「いやな両思いだなあ……。じゃなくてっ、ぼくは誰《だれ》も選んでないんだってば！」

楽央の軽口に、千登世は苦笑いで言い返す。

場の空気が、いくらかゆるんだ。

が、それもつかの間。

スタッフは、紅茶《こうちゃ》でぬれたクリップボードをハンカチでふいて、また順番を入《い》れ替《か》えた。

残るアンケートは、あと一人分。

「では、続きまして。……最後となる、柊楽央さまのご回答です」

楽央は、スタッフの声を無視《むし》するように、立てたひざにひじをついて冷めた紅茶《こうちゃ》をすする。

スタッフは、かまわずアンケートの回答を読み上げる。

「第一問。ほかの三人の中から、あなたが一人選んで殺すとしたら。楽央さまが選ぶお相手は——**的場竜之介**さま、とのことです」

「へ～、そうなんだ。なんでなんすかね～？」

「第二問。楽央さまが、殺すお相手に竜之介さまを選んだ理由は——『**いちばんリアクションが良さそうだから**』とのことです」

それを聞いて、楽央は不愉快《ふゆかい》そうに顔をしかめた。

竜之介は、そんな楽央よりも、よほど大きく動揺《どうよう》をあらわにした。

「続きまして、第三問。楽央さまが最も殺したくないお相手は——**紙多いづみ**さま、とのことです。第四問。その理由は——『**いちばんリアクションがつまらなそうだから**』」

スタッフがしゃべっているあいだ、楽央は天井《てんじょう》を向いて紅茶《こうちゃ》を飲《の》み干《ほ》し、カップのふちにたまったしずくを舌先《したさき》でなめ取った。

「いかがですか？　楽央さま」

「は～……」

楽央は聞こえよがしにため息をつき、カップを置いて、スタッフをじろっとにらんだ。

「失礼っすね～。さすがに、そんな理由で誰《だれ》を殺すとか殺さないとか、考えるわけないじゃないっすか～。あ～やっぱ、このアンケート、あてになんないっすよ」

「なるほど、ありがとうございます」

と、プログラムされているかのように、スタッフは前の三人のときと同じセリフを返した。

「先にご説明しましたとおり、このアンケートの自動記入は、お名前を書いた方の深層《しんそう》心理を反映《はんえい》いたします。ゆえに、ご自身では気づいていない本心に、とまどわれることもあるかと思いますが――」

「深層《しんそう》心理、ねえ。そんなもん、証明《しょうめい》しようがなけりゃ、なんとでも言えますよね～」

「たしかに、今この場では、証明《しょうめい》のしようのないことです。この場合の深層《しんそう》心理とは、言《い》い換《か》えれば――みなさまが『極限状況《きょくげんじょうきょう》において何を考え、どのような行動を取るか』、という問いに対しての答えなのですから」

それによれば、と、スタッフは続ける。

「楽央さま。あなたはどうやら、『物事をいかに楽しめるか』を重視《じゅうし》する人間のようですね」

「ん～。ごぞーぞーにおまかせしま～す」

「あと半月以内に起こる『惨劇《さんげき》』を、心ゆくまでお楽しみいただければさいわいです」

スタッフは、四人に向かってお辞儀《じぎ》をした。

そして、クリップボードからはずした四枚《まい》のアンケート用紙を、テーブルの上に置いた。

「それでは、わたくしはこれで。本日はお時間いただきまして、まことに――」

「なあ、サポートスタッフ」

あいさつをさえぎって、呼《よ》びかけたのは、いづみだった。

「はい、何か？」

「このアンケートの実施《じっし》によって……あなたは、何を期待していた？　わたしたちのあいだに、じつは、根深い不和や、憎《にく》しみ、怨恨《えんこん》……そんなものが隠《かく》されていることを、期待していたか？　だとしたら……あまり、かんばしくはない結果になったな。……お疲《つか》れさま」

無表情《むひょうじょう》で放たれたそのいやみに、スタッフは、動じるようすもなく薄笑《うすえ》みを返した。

「いづみさま。わたくしは、以前にも申し上げたとおり、この【幽霊屋敷予定地《ゆうれいやしき》】のシステムの一部にすぎません。何かに対して期待したり、落胆《らくたん》したり、独立《どくりつ》した思考のもとに行動したり——と、そういった存在《そんざい》ではないのですよ」

それだけ言って、スタッフはあらためてお辞儀《じぎ》をしたあと、去っていった。

リビングに四人だけになってから。

いづみは、スタッフが残していったアンケートを手に取った。

それぞれの用紙の回答欄《かいとうらん》には、先ほどスタッフが述《の》べたとおりの文章が、たしかに記入されていた。

しかも、四人それぞれの筆跡《ひっせき》で。

まるで本当に、自分たちがそれを書きこんだかのようだった。

楽央と千登世も、いづみといっしょにそれを見て、寒気を覚える。

そんな中。

竜之介だけは、アンケートの記入欄《きにゅうらん》を一目たりとも確認《かくにん》することなく、何も言わずに一人だけ、先にリビングを出ていった。

「リューノ……だいじょうぶかな」

千登世はソファから立ち上がって、竜之介の投げたカップを拾って床《ゆか》をふき、キッチンに向かった。

「ねえ。今日の夕ごはん、何食べたい？」

流しでカップを洗《あら》いながら、千登世はたずねる。

さっきまでの空気を洗《あら》い流《なが》して、「日常《にちじょう》」を取りもどそうとするかのように。

窓《まど》の外はまだまだ明るく、夕飯の準備《じゅんび》には、たっぷり時間をかけられそうだった。

第3章
それぞれの〝最悪〟

アンケートの日から、五日がたった。

そのあいだは、特に何事もない「日常《にちじょう》」が続いていた。

サポートスタッフが、四人の前に姿《すがた》を現《あらわ》すこともなかった。

けれど――。

「あれから、リューノが、あんまり口きいてくれない……」

千登世《ちとせ》は、しょげ返ってため息をついた。

そばには、いづみと楽央《らお》がいた。

三人は、昼下がりのリビングで、それぞれの洗濯物《せんたくもの》をたたんでいた。

「リューノ、アンケートのこと、気にしてるのかなあ。ハグしようとしても、逃《に》げちゃうし」

「それは、前からそうだろう……」

いづみは、たたんでいたロングスカートに鼻を近づけ、少し顔をしかめた。

外につながる窓《まど》やドアが開けられないから、洗濯物《せんたくもの》は毎回、リビングの日当たりのいい場所で部屋干《ぼ》しだ。

そのせいで、乾《かわ》いた洗濯物《せんたくもの》には、昨日の夕飯のカレーのにおいがしみついてしまっていた。

「竜之介《りゅうのすけ》さんは～、ベタベタするの、好きじゃないっすからね～」

楽央は、洗濯物《せんたくもの》をたたむ手を止め、千登世に近づく。

かと思えば次の瞬間《しゅんかん》、その背後《はいご》から、とりゃっと勢《いきお》いよく抱《だ》きついた。

「いづみさんもね～、あたしがこうやって不意打ちハグしても、完全無視《むし》するんすよ～。背《はい》後霊《ごれい》が憑《つ》いてるのに霊感皆無《れいかんかいむ》で気づかない人、くらい無反応《むはんのう》で、さびしいっす～」

「そっかあ。でもまあ、そこらへんの距離感《きょりかん》って人それぞれだから、しかたないよねえ」

言いながら、千登世はふり向いてハグを返し、よしよしと楽央の頭をなでた。

夜遊び同盟《どうめい》の中で、千登世と楽央の二人は、こういう距離感《きょりかん》に抵抗《ていこう》のないタイプだった。

「ハグさせてくれてもくれなくても、ぼくは、三人のこと同じくらい大好きだよ」

「あたしだって、そうっすよ～」

そんな会話をする中で。

千登世は、ふと違和感《いわかん》を覚えた。

こうやってハグさせてくれる友だちは、楽央だけ、だったっけ？

もう一人、誰《だれ》かいたような気がするのだけど。

……いや、そんなはずないか。
楽央が言うとおり、竜之介もいづみも、こういうのは苦手なタイプなのだ。
気のせいか、と千登世は思い直す。
それでもなんだか、すっきりしない妙《みょう》な気分だった。

＋

たたんだ洗濯物《せんたくもの》を抱《かか》えて、楽央が自分の部屋にもどってくると。
「……ん～？」
部屋の真ん中に、何やら見覚えのない箱が置かれていた。
それほど大きくはない、紙でできたフタ付きの箱。
フタの上には、一枚《まい》のカードが貼《は》り付《つ》けられていた。
『あなたの望みを叶《かな》えるために、役立ててください。』

そんなメッセージが書かれたカードを読んで、楽央はとまどう。

（何これ。いつの間に、誰《だれ》がこんなものを……。いや、この家ん中で、なんかおかしなことが起こったからって、今さらだけどさ〜）

箱の前にしゃがんで、ひざにひじを置いて頬《ほお》づえをつき、楽央は考える。

いかにも怪《あや》しいこの箱を、開けるべきか、ほっとくべきか……。

（でも、もしかしたら。ほんとに何か役立つものが、入ってるかもしんないしな〜）

そんなふうに期待する理由は、一応《いちおう》あった。

謎《なぞ》の怪異《かいい》、シジマの存在《そんざい》だ。

何日前だったか。自分たちは、シジマに助けを求めた。

でも、今日までシジマが自分たちの前に現《あらわ》れることもなく、「神隠《かみかく》しにあった人間を助けてくれる怪異《かいい》」なんて話は、やっぱりただのうわさにすぎなかったのか、と思っていた。

ひょっとしたら、そうじゃなかったのかもしれない。

この箱の中身が、もし、シジマからの贈《おく》り物《もの》だったら？

この家から脱出《だっしゅつ》して、もとの時代にもどるための、お助けアイテムだったら……？

リビングのカレンダーが、脳裏《のうり》に浮《う》かんだ。

とうに九月の紙を破《やぶ》り取《と》って、十月があらわになったカレンダー。

最終日となる十九日には、赤い丸印がつけてある。

それを思い出すと、どうしようもなくあせりにかられる。

(もう十月八日。このままじゃ、脱出《だっしゅつ》の方法なんて、見つかりそうにないし……)

楽央はごくりとつばをのみ、思いきって、その箱を開けてみた。

はたして、中に入っていたのは——。

目覚まし時計、だった。

やや大きめで、持ち上げてみるとずしっと重い、無骨《ぶこつ》なデザインのツインベル・クロック。

短針《たんしん》と長針《ちょうしん》の位置は、今の時刻《じこく》に合っている。

電池はすでに入っているらしく、秒針《びょうしん》も動いている。

ただ、おかしなことに。

この時計には、アラーム針《ばり》がどこにもなかった。

これじゃあ、ベルが鳴る時間を設定《せってい》することができない。

「んん～？　この時計を、いったいどうしろってんだろ～？」

時計をひっくり返したり、ふったりたたいたりしながら、しばらく考えてみたものの。

よくわからないので、楽央は、とりあえず時計をもとどおり箱にしまって、フタをした。


次の日の朝早く――。

楽央は、**ジリリリリリリ**、とけたたましく響《ひび》く目覚ましのベルに、たたき起こされた。

「えっ……!?　なっ、何この音!?　――あっ、昨日の目覚まし……!?」

寝《ね》ぼけまなこをこする暇《ひま》もなく、楽央はあわててベッドから飛び出した。

例の箱を開け、鳴り続ける目覚ましのベルを止めようとする。

……が、スイッチが、オフにならない。

「んんん～っ……」

どれだけ力をこめても、スイッチは異様《いよう》に固く、びくともしない。

それならば、と電池をはずして時計を止めようとしたが、電池が入っている部分のフタも
また、接着剤《せっちゃくざい》で貼《は》りついているかのように、ぜんぜんはずれないのだ。

そうこうしているうちに、誰《だれ》かがやってきて、部屋のドアを開けた。

「何をやってるんだ……こんな時間から」

「あっ、すいませんいづみさん、起こしちゃいましたよね～」

いづみは寝間着《ねまき》のまま、髪《かみ》もとかさずやってきたようだった。

「ラオン～……？　何、この音……どうしたの？」

千登世もまた、今朝ばかりは、身支度《みじたく》を整える余裕《よゆう》もなく起きてきた。

「うるせーよ……。楽央なのかあ？　さっさとこれ、止めてくれよ」

竜之介は、毎朝、着替《きが》える前に部屋から出てくる。今日もそうだったが、いつもより一段《いちだん》とテンションが低く、あからさまにふきげんな声だった。

「すいません～。止めようとしてるんすけど、止め方、わかんないんすよ～っ」

目覚ましを両手で持って差し出し、いっしょに目覚ましを調べ始めた。

三人はけげんな顔をして、楽央は三人に泣きついた。

「あれっ。ほんとだ、スイッチ固っ……何これ」

手始めに、ふつうにスイッチをオフにしようとした千登世は、しばらく悪戦苦闘《あくせんくとう》したあと、「ごめん、無理みたい」とあきらめた。

スイッチを動かすのも、電池を取り出すのも、誰《だれ》がやってみても無理だった。

どうしようもないので、しまいには、時計自体をこわしてしまおうということになった。

「じゃ、貸《か》せよ」

と、話がまとまるやいなや、竜之介が時計をつかむ。

手の中で鳴り続ける時計。その振動《しんどう》に顔をしかめつつ、竜之介はいら立ちをぶつけるように、時計を思いきり廊下《ろうか》の壁《かべ》に投げつけた。

時計は、見た目でわかるようなこわれ方はしなかった。

それでも、なんとかベルの音は止まってくれた。

しん、と静かになった時計を囲んで見下ろして、四人はホッと息をついた。

「ところで、楽央。……この目覚ましは、あなたの部屋にあったものなのか？」

不思議そうに、いづみがたずねる。

楽央の選んだ部屋は、家具も雑貨《ざっか》も全体的に、明るくポップなテイストでまとめられていた。そんな中で、無骨《ぶこつ》なデザインの目覚まし時計は、それだけ部屋から浮《う》いていて違和感《いわかん》があったのだ。

「いや〜、それがっすね……」

と、楽央はみんなに事情《じじょう》を説明する。

話を聞いた三人は、首をかしげた。そうしたいのは楽央も同じだった。

目覚ましの贈《おく》り物《もの》？　は、シジマと関係あるのか？

目覚ましを、本当にこわしてしまってよかったのか？

なんでこの時間に目覚ましが鳴ったのか。この目覚ましには、何か特別な「正しい使い方」でもあったのか……。

あとに残ったのは、そんな数々の疑問《ぎもん》ばかり。

なにがなんだか、わからない出来事だった。

ともあれ、十月九日、早朝に起こった目覚まし事件《じけん》は、幕《まく》を閉《と》じた。


——と、なればよかったのだが。

この出来事は、むしろとんでもなくやっかいな事態《じたい》の、幕開《まくあ》けだったのだ。

＋

その日の昼下がり。

寝不足《ねぶそく》で起きてしまった四人は、昼食後、それぞれの部屋で昼寝《ひるね》をしていた。
そこへいきなり、またしても、目覚ましの音が鳴《な》り響《ひび》いたのだ。
「うぇ〜……？　なんなの、もう……かんべんしてよ〜」
楽央は、のそのそとベッドからはい出す。
時計は、一応《いちおう》また箱に入れ直して、楽央の部屋に置いていた。
楽央は廊下《ろうか》に出て、竜之介がやったように、時計を壁《かべ》に投げつける。
けれど、今度はそれでも、音が止まってくれなかった。
少しして、昼寝《ひるね》を邪魔《じゃま》された三人が、また楽央の部屋の前に集まってきた。
すると、そのとたんに、ベルの音はピタリとやんだ。
静かになったはいいものの、四人ともすっかり眠気《ねむけ》が覚めてしまっていた。
そして、その日の夜。
四人は、さすがに夜ふかしはやめて、めずらしく早めに寝床《ねどこ》に入ったのだが。
真夜中に、また目覚ましが鳴りだした。
昼間の時点でいやな予感を覚えていた楽央は、時計を玄関《げんかん》に置いていた。
そこなら、自分の部屋からもみんなの部屋からも、それなりに離《はな》れていると思ったからだ。

しかし、離《はな》れたところからでも、ベルの音は思いのほかよく響《ひび》いた。

四人とも、もう寝床《ねどこ》から出るのがおっくうで、なんとかその音を気にせずやりすごそうとした。

しばらく鳴り続けたあと、ベルの音はピタリとやんだ。

けれど、何十分かすると、また思い出したように鳴りだした。

不規則《ふきそく》なタイミングで、ベルは鳴ったりやんだりをくり返す。

一晩中《ひとばんじゅう》、それが続いた。

いや――次の日になっても、その次の日になっても、終わらなかった。

十一日の昼下がりになってから。

耐《た》えかねた四人はどうにかして、目覚まし時計をあらためてこわそうともしてみたが。

どれだけ勢《いきお》いよく壁《かべ》に投げつけても、硬《かた》いものを思いきり打ちつけてみても、時計はびくともしなかった。

水につけても、キッチンのガスコンロの火で焼こうとしても、だめだった。

何をやっても無傷《むきず》な時計は、どうやらふつうの時計ではないようだ。

四人がいろいろ試《ため》しているあいだにも、時に水の中で、時に火にあぶられながら、時計は前ぶれなくベルを鳴らしたり、鳴りやませたりをくり返していた。

「ど〜しましょ〜。このままじゃ、今晩《こんばん》もまた眠《ねむ》れないっすよ〜」

「窓《まど》やドアが開かないから、外に捨《す》ててくるわけにもいかないしねえ」

「止め方もわからず、こわすことも、捨《す》てることもできないとなると……時計を置く場所を、どうにかするしかないだろうな」

いづみは、少し考えて、

「冷蔵庫《れいぞうこ》の中……なんてどうだ？　防音性《ぼうおんせい》がありそうじゃないか？」

「あ〜いいかもっすね！」

というわけで、楽央はさっそく、時計を冷蔵庫《れいぞうこ》に入れて扉《とびら》を閉《し》めた。

しかし……。

それからしばらくして、またベルが鳴りだすと。

その音は、冷蔵庫《れいぞうこ》の扉《とびら》も壁《かべ》も突《つ》きぬけるように、意外と大きく響《ひび》き渡《わた》った。

「おかしいな。……いくらなんでも、こんなに音がもれるものだろうか？」

「やっぱり、この目覚まし、ふつうじゃないんすよ〜」

四人はいよいよ頭を抱《かか》えた。

「――地下室は？」

ぽつりと言ったのは、竜之介だった。

楽央は「なるほど〜」とうなずいた。

「そっすね。生活スペースからいちばん離《はな》れてる場所ってなると、あの地下室ですもんね〜。んじゃ、時計の置き場所は、とりあえずあそこに――」

「あっ、いや、それはっ……！」

――と。

そこで、千登世がなぜか、ひどくあせった声で割《わ》って入った。

楽央たち三人は、きょとんとして千登世を見つめた。

「え？　なんすか？　……地下室に時計置くの、なんかまずいっすかね？」

「あ……。えっと……その……」

口ごもって、千登世はうつむく。

それを見て、いづみはフォローするように言った。

「わたしたちの中で、千登世の部屋が……地下室から、いちばん近いからな」

「あ〜。たしかに、そりゃいやっすよね〜」

楽央と竜之介の部屋は二階にあって、いづみと千登世の部屋は一階なのだが、いづみの部屋は地下室から離《はな》れた位置にあるのだ。

頭をかいて、ん〜、と楽央はうなった。

「けど、一回、地下室のすみっこに時計置いたらどんな感じか、試《ため》させてもらえません？千登世さんの部屋にひどく音が響《ひび》くようなら、また別の場所考えますんで〜」

「…………」

それでも千登世は、うつむいたまま、ひどくこまった顔をする。

竜之介は、大きく舌打《したう》ちした。

「なんだよ、千登世。文句《もんく》あんのか？　なに黙《だま》ってんだよ」

「……いや。うん、ごめん。……そうだね」

千登世はようやく顔を上げ、ぎこちなくほほ笑《え》んだ。

そうして、四人は目覚まし時計を持って、地下室に向かった。

一階の廊下《ろうか》から階段《かいだん》を下りると、そこには分厚《ぶあつ》い金属製《きんぞくせい》の扉《とびら》がある。

楽央は、そのレバーハンドルのドアノブに、手をかけた。

ところが。

押《お》し下《さ》げようとしたドアノブには、ガチッと固い手ごたえがあった。

「あっ……れえ？　なんか、鍵《かぎ》かかってんすけど〜」

「は？　どーゆーことだよ」

竜之介は、いらついた声で聞き返し、楽央を押《お》しのけてドアノブをつかむ。

しかし、たしかに楽央の言うとおり、力をこめてもノブは下がらず、ガチャガチャと音を立てるだけだった。

楽央も竜之介も、首をかしげた。

鍵《かぎ》なんて、かかっているはずないのに。

だって、地下室は、以前に入ったことのある部屋なのだから。

この家から脱出《だっしゅつ》するため、出口を探《さが》していたときに——。

「千登世。……あなたはこのことを、知っていたのか？」

いづみに問われて、千登世は、はじかれたように顔を上げた。

「ああ、うん。そうなんだ。ちょっと前、暇《ひま》つぶしに地下室の中でも見にいこうとしたら、扉《とびら》が開かなくなっててさ。だから、ここに時計を置くのは、無理かなって」

早口でしゃべりながら、千登世はいづみから目をそらした。
いづみは、「そうか」とうなずいたものの。
――だったらどうして、そのことを、さっき言わなかったんだ？
と、うつむく千登世を見つめ、心の中でつぶやいた。
「あ。地下室の中は無理でも、ここに時計、置いておこうか」
「……そっすね」
楽央は、千登世の提案《ていあん》にうなずき、扉《とびら》の横の床《ゆか》に時計を置いた。
そうしつつ、楽央もまた、引っかかるものを感じていた。
今日の昼前、楽央は、気になる光景を目にしていたのだ。
その光景と、さっきからの千登世の態度《たいど》が今、楽央の中で結びついた。
けれども、それがいったい、どんな意味を持つことなのか。
このときの楽央には、まだわかっていなかったし、想像《そうぞう》もつかなかった。

その日の夜。

楽央は、一人でいづみの部屋を訪《おとず》れた。

そこは、この家の中に一部屋だけある和室だった。

「い〜づみさんっ。ちょっと今、いいっすか〜？」

部屋の前で呼《よ》びかけると、少しして、ふすまがすうーっと開いた。

「……どうかしたのか？」

「ん〜。ちょっと、お話ししたいことがありまして〜」

部屋に入った楽央は、ふと窓《まど》のほうをふり向いた。

夜の庭が見える。この部屋の位置だと、庭の裏《うら》のほうの景色だ。

一階の部屋からながめる庭は、二階にある楽央の部屋からのながめとは、またちがったおもむきがあった。

二人は、畳《たたみ》の上に敷《し》かれた座布団《ざぶとん》のほうへ移動《いどう》する。

いづみは正座《せいざ》で、楽央は軽くあぐらを組んで、それぞれ座《すわ》る。

「で。……話とは？」

「えっと〜。あの〜」

座布団《ざぶとん》の上で、落ち着きなく体をゆらして、楽央は言った。

「さっきの、千登世さんの態度《たいど》。――いづみさんは、どう思いました？」

「ああ。……どうも、妙《みょう》だったな。まるで、何か……隠《かく》しているみたいだった」

「ですよね！　あたしも、そう思ったっす！」

いづみのほうへ身を乗り出し、楽央は大きくうなずいた。

「それであたし、引っかかってることがあるんすよ」

いづみは小首をかしげ、続きをうながした。

それを受けて、「じつは……」と、楽央は話しだす。

「今日の昼前に、また、目覚ましが鳴ったでしょう？」

「ああ。……わたしは、ちょうど部屋で寝直《ねなお》そうとしていたが……うとうとしかけたところに、また起こされてしまった」

「あたしも、そうでした。そんで、起きたらのど渇《かわ》いてたんで、なんか飲もうと思って、一階に下りたんすよ。そしたら、ちょうど千登世さんのこと見かけて」

「まあ、千登世の部屋も、一階だからな……」

「そうなんすけど。でも、そのとき千登世さん、地下室に下りてくとこだったんすよ」

そのとき千登世は、楽央に気づいていなかった。

ふだんなら、階段《かいだん》を下りる足音で気づいただろう。だがそのときは、目覚ましが鳴《な》り響《ひび》いている最中で、足音も、階段《かいだん》や床《ゆか》のきしみも、ベルの音にかき消されていたのだ。

楽央のほうは、寝不足《ねぶそく》のせいでぐったりして、千登世に声をかける気にもなれなかった。

「あたし、とりあえず台所にお茶飲みに行って〜。んで、部屋にもどる前に、地下室のほう、見に行ったんです。廊下《ろうか》から、ちらっと見下ろしただけっすけど。そしたら――」

「何か……気になるものを、見たのか?」

「地下室の扉《とびら》の前に、千登世さんが立ってました。それで、そのとき……。千登世さん……今思い返すと」

いくらかためらったあと、楽央は、ふたたび唇《くちびる》を動かした。

「鍵《かぎ》を、閉《し》めてたように見えたんです」

それを聞いて、いづみは目を見開いた。

「楽央、それは。……地下室の扉《とびら》の鍵《かぎ》を、千登世が持っているということか?」

地下室の扉《とびら》の外鍵《そとかぎ》は、つまみを回して施錠《せじょう》するタイプではなかった。

外からあの扉《とびら》を閉《し》めるなら、鍵穴《かぎあな》に差しこむキーが必要になる。

楽央は、うなずく代わりに首をひねった。

「よくわかんないっす。だって、仮《かり》に千登世さんが、家の中のどっかにあった地下室の鍵《かぎ》を、見つけてたとしても――」

「わざわざ鍵《かぎ》を閉《し》める理由がない、か。……ましてや、そのことを隠《かく》す理由となると」

それでも、何か理由があるはずだ。

そう思い、いづみは、筋道《すじみち》通った理屈《りくつ》を導《みちび》き出《だ》そうと思考する。

けれど、寝不足《ねぶそく》のせいであまり頭が働かず、考え事に集中できなかった。

「ここは、とりあえず……もう一度〝現場《げんば》〟を見に行ってみるか」

「あ。あたしも、お供《とも》しま～す」

いづみはおもむろに腰《こし》を上げ、続いて楽央も、ふにゃりと片手《かたて》を挙げて立ち上がった。

そうして、今度は二人だけで、ふたたび地下室の扉《とびら》の前にやってきた。

「ん～。やっぱ、鍵《かぎ》はかかってるっすね～」

そのことを、念のためにたしかめてから。

楽央は、L字形に開いた金属《きんぞく》のヘアピンを、鍵穴《かぎあな》へと差しこんだ。

ヘアピンは、さっきいづみにもらったものだった。

「あなたには、ピッキングの心得があるのか……？」

「ぜーんぜん！　漫画《まんが》とかでよく見るやつ、見よう見まねでできないかな～って」

が、そうかんたんにいくはずもない。

しばらくカチャカチャ鍵穴《かぎあな》をつつくも、鍵《かぎ》はいっこうに開く気配がなかった。

あきらめて、楽央はため息をつき、鍵穴《かぎあな》からヘアピンを抜《ぬ》いた。

その、直後。


ガチッ……


と、ドアノブが音を立てて、かすかに動いた。

楽央といづみは、ぎょっとして固まった。

扉《とびら》のこちら側からは、ドアノブにさわっていない。

ということは、つまり――ドアノブは、扉《とびら》の向こう側から、動かされたのだ。

「だっ……誰《だれ》か、いるんすか？　千登世さん？　それとも、竜之介さん……？」

おそるおそる、楽央は扉《とびら》の向こうに呼《よ》びかける。

返事はなかった。
少し間をあけてから、楽央は、扉《とびら》を二回ノックしてみた。
すると、今度は。
コン、コン、と、同じ数だけノックが返ってきた。
楽央といづみは、無言で顔を見合わせた。
そのとき。
ジリリリリリリ、と。
扉《とびら》の横に置いていた目覚まし時計が、また鳴りだした。
楽央といづみは、跳《と》び上がりそうになるくらいおどろいて。
次の瞬間《しゅんかん》、思わずその場から逃《に》げだし、一階への階段《かいだん》を駆《か》け上《あ》がった。

そのあと確認《かくにん》してみると、千登世も竜之介も、それぞれ自分の部屋にいた。
地下室の中にいたのは、やはり二人のうちのどちらでもない。
すなわち、夜遊び同盟《どうめい》の四人の中の、誰《だれ》でもない。

となると、まさか――。

この家には、**五人目の住人**が存在《そんざい》するのか？

ますます謎《なぞ》は深まるばかりだ。

しかし、今夜はこれ以上、楽央もいづみも何もする気になれなかった。

連日の寝不足《ねぶそく》で体も頭も疲《つか》れきっていたし、得体《えたい》のしれない誰《だれ》かがいるかもしれない地下室になど、気味が悪くてもう近づきたくなかった。

ふたたび地下に下りるなら、せめて日が昇《のぼ》ってからにしよう。

そう意見を一致《いっち》させ、楽央といづみは、それぞれの部屋にもどった。

その夜も、目覚ましのベルは、何度も何度も響《ひび》き渡《わた》った。

＋

次の日、十月十二日の朝。

ダイニングに集まった四人は、おはようを言い合う気力もなかった。

全員が、もう丸三日、ろくに睡眠《すいみん》を取っていない。

寝《ね》ようとすると、タイミングを計ったように目覚ましが鳴り始めるし、目覚ましが鳴ってないときも、次にいつベルが鳴りだすかと思うと、緊張《きんちょう》して眠《ねむ》れなくなるのだ。

ダイニングに来たものの、今朝は誰《だれ》も料理をする気になれず、食欲《しょくよく》もなかった。

四人は、調理の必要がないパンやヨーグルトを、少しだけ腹《はら》に入れて朝食をすませた。

それだけでも、胃がむかむかして、軽く吐《は》き気《け》をもよおすような体調だった。

どんよりした空気の中。

楽央といづみは、眠《ねむ》い目で視線《しせん》を交《か》わす。

昨日のことを、たしかめておく必要があった。

「ね～……千登世さん」

切り出したのは、楽央だった。

霧《きり》がかかった頭の中で、楽央は考えをこねまとめ、口に出すべき言葉を探《さが》す。

地下室の扉《とびら》……中に人がいた……千登世が鍵《かぎ》を閉《し》めた……。

中に人がいるのに、外から鍵《かぎ》を閉《し》めたのだ……。

つまり、千登世は……。

「アンタ――地下室に、誰《だれ》を、閉《と》じこめてんですか？」

その質問《しつもん》に対して。

千登世の反応《はんのう》は、楽央の予想とちがっていた。

「え？　……え？　ラオン、何言ってるの？　四人とも、今、ここにいるでしょ？」

千登世の顔に浮《う》かんだ動揺《どうよう》は、困惑《こんわく》とか、心配とか、そういう種類のものだった。

あせったり、何かを隠《かく》そうとしたりしているようには、とても見えなかった。

楽央といづみは、おどろいた顔を見合わせる。

——千登世は、地下室にいる〝五人目〟のことを、知らないのか？

「ラオン、だいじょうぶ？　目覚ましが鳴ってないうちに、ちょっとずつでも眠《ねむ》ったほうがいいよ。……せめて、耳栓《みみせん》とか、どこかにあるといいのにね」

「あ、いえ、あのっ……」

気づかいの言葉を向けられて、楽央は逆《ぎゃく》にうろたえながら、かぶりをふった。

「ち、ちがうんすよ。人数わかんなくなるほど、頭ぼーっとしてるわけじゃないっす！」

「え？　でも……」

「地下室に、いたんすよ、誰《だれ》かが！　昨日の夜、いづみさんと地下室に下りたとき。鍵《かぎ》のかかった扉《とびら》の向こうから、たしかにノックが返ってきたんです！」

それを聞いて、千登世は小さく息をのんだ。

「何それ。どういうこと？　……この家に、ぼくたち以外の誰《だれ》かがいるの？」

問い返す千登世は、やはり演技《えんぎ》をしているようには見えなかった。

「いるだろ。今はいねーけどさ。サポートスタッフ、じゃねーの？　それ」

横で話を聞いていた竜之介が、つまらなそうに指摘《してき》した。

しかし、いづみは首を横にふる。

「サポートスタッフでは、なかったと思う。……相手の姿《すがた》を見ていないから、断言《だんげん》はできないが。……常《つね》に事務的《じむてき》な態度《たいど》でふるまう、あのスタッフなら……こちらの呼《よ》びかけに、返事くらいはすると思うんだ」

「んなの、ただのおめーの臆測《おくそく》だろ」

「それは、そうなんだが……」

「んなことよりさあ。目覚まし置く場所、もう一回、考えよーぜ」

竜之介は、片手《かたて》をアイマスク代わりにして、目を閉《と》じたままそう言った。

「今の……地下室の扉《とびら》の前、ふつーに音が響《ひび》くんだよ。連日あれじゃ、たまんねーよ」

「しかし、竜之介。……誰《だれ》の部屋からも、そこそこ距離《きょり》がある場所となると、あそこくらいしかないだろう。……ほかに、どこに置くっていうんだ?」

「だからさー。もー、誰《だれ》かの部屋ん中でいーじゃねーか。誰《だれ》の部屋に置くか、トランプで公平に決めるんだよ」

「えー!? それは……」

「ちょっと、リューノ……」

楽央と千登世は、思わず不平の声を上げた。

だが、竜之介は、そんな二人をにらんで言った。

「ずっとじゃねーよ。日替《ひが》わりで、目覚ましの置き場所決めるんだ。貧乏《びんぼう》くじ引いたやつは、その日、ほかのやつの部屋に泊《と》めてもらったりとかすりゃーいい。そうやって、もっといろんな置き場所、試《ため》してみるんだよ」

そう補足《ほそく》して、「文句《もんく》あるか?」と、竜之介はイライラした口調で聞いた。

「そういうことなら……わたしは、賛成《さんせい》だ」

いづみが答えて、楽央も千登世もうなずいた。

竜之介は、少し表情《ひょうじょう》をゆるめ、ソファから立ち上がった。

チェストに歩《あゆ》み寄《よ》り、竜之介は、引き出しにしまっていたトランプを取り出そうとする。

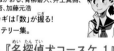

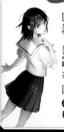

が、そこで「ん？」と手を止めた。

「あれ、どこいった？」

「どうした。……トランプが、見つからないか？」

「いや、トランプはある。そーじゃなくてよ」

竜之介は、三人をふり向いた。

「スタッフが置いてった、計画書——たしか、この引き出しに入れといたよな？　誰《だれ》か、どっか移動《いどう》させたのか？」

そのとたん。

いづみが目を見開いて、ゆっくりと、千登世のほうに顔を向けた。

「千登世。……あなた、まさか」

いったん言葉をのんで、のどにつばを流しこむ。

恐《おそ》ろしい可能性《かのうせい》に、いづみは思《おも》い至《いた》っていた。

「計画書を……地下室に、移動《いどう》させたのか？　地下室の、鍵《かぎ》を……手に入れたから？」

とりあえず、それだけ聞くのが精《せい》いっぱいだった。

千登世は、じっといづみを見つめ返した。

おどろくことも、うろたえることもなく。

――いづみの質問《しつもん》を、否定《ひてい》することもなく。

「は？　いや、ちょっと、意味わかんねーんだけど」

竜之介は、眉間《みけん》にしわを寄《よ》せる。

「千登世ー。おまえ、何やってんの？　計画書、どこに置こうといいけどよ、黙《だま》って場所移《い》動《どう》させんなよ」

めんどくさそうに、竜之介はため息をついた。

千登世は、何も言わない。

「万一――万一な？　四人で脱出《だっしゅつ》は絶対不可能《ぜったいふかのう》、ってなったときは、一応《いちおう》、あれが必要になるわけだし。だから、鍵《かぎ》は開けとけよな。おまえが鍵《かぎ》なくしたりしたら、地下室開けらんなくなって、計画書、取り出せなくなるだろーが。んなことになったら、最悪だぞ」

「……………どうして？」

と。千登世は、そこでようやく口を開いた。

思わぬ返しに、竜之介は面食らう。

「どうして……って。おまえ、スタッフの言ってたこと、忘《わす》れたのか⁉　誰《だれ》も死なねーまま、計画書の提出《ていしゅつ》もしなかったら、そのときは、この家で起こる惨劇《さんげき》が、強制的《きょうせいてき》に〝一家四人全員殺害〟になっちまうんだよ！」

「……どうして、それが〝最悪〟なの？」

ふたたび問い返されて、竜之介は息をのんだ。

「はあ？　いや、おまえ……何言って」

「最悪なのは、四人の中から、誰《だれ》か選ばなきゃいけないことだよ。――リューノ。四人で脱《だっ》出《しゅつ》できない可能性《かのうせい》が『万一』だとか、まだ本気で思ってる？」

「な……っ」

「四人全員で脱出《だっしゅつ》は、不可能《ふかのう》。もう、それを前提《ぜんてい》に考えるべきじゃないかな。その場合、誰《だれ》かが死ねば、ほかの人は助かる。でも、そんな選択《せんたく》をするくらいなら……いっそ、公平に、四人全員で――……」

千登世は少しふらつきつつ、ソファから立ち上がって、リビングの出口へ歩きだす。

「ちょ、千登世さん。――うそでしょ？」

青ざめて、楽央はソファから腰《こし》を浮《う》かせる。

けれども千登世は、楽央の声にふり向くことも、足を止めることもない。

竜之介は、あわてて千登世に駆《か》け寄《よ》った。

「おいっ！　地下室の鍵《かぎ》は、どこにあるんだ！」

千登世の腕《うで》をつかんで、竜之介はさけぶ。

しかし千登世は、その手を難《なん》なくふり払《はら》い、

「計画書の、提出期限《ていしゅつきげん》が過《す》ぎるまでは……誰《だれ》も、絶対《ぜったい》、死んじゃいやだよ？」

三人に向かって、そう言って笑いかけたあと、一人でリビングを出ていった。

＋

自分の部屋にもどった千登世は、ベッドに横になって目を閉《と》じた。

けれど、十五分ほど眠《ねむ》ったころに、また目覚ましのベルが鳴り始めた。

眠《ねむ》りから覚めた千登世は、歯を食いしばり、ベッドマットをなぐりつけて起き上がる。

自分が不安定になっている自覚はあった。

ベッドの上から、千登世はぼんやり部屋をながめる。

きちんと整理整頓《せいりせいとん》された部屋。

落ち着いた色合いでまとめられた室内は、シンプルで機能的《きのうてき》な家具と、アンティーク調の雑貨《ざっか》とが混在《こんざい》する空間だ。

目の焦点《しょうてん》が合うにつれ、千登世の視線《しせん》は無意識《むいしき》に、デスクの引き出しへと吸《す》い寄《よ》せられる。

引き出しの中にあるものを、千登世は頭に思《おも》い浮《う》かべる。

『あなたの望みを叶《かな》えるために、役立ててください。』

そう書かれたカードが貼《は》り付《つ》けられた、厚紙封筒《あつがみふうとう》。

昨日の朝、気づけばデスクの上に置かれていたものだった。

封筒《ふうとう》の中に入っていたのは、一つの鍵《かぎ》。

この家に、内鍵《うちかぎ》のある部屋は多かったが、外鍵《そとかぎ》がついている扉《とびら》などかぎられていたから、それが地下室の鍵《かぎ》だということはすぐにわかった。

その鍵《かぎ》を手に入れて、地下室に計画書を隠《かく》したときは、まだ軽い気持ちだった。

もしも誰《だれ》かが、「念のために一応《いちおう》、計画書を書いておこう」とか言い出したら、どうしよう……なんてことを、考えてしまって。

今の時点で「いざというとき、誰《だれ》が犠牲《ぎせい》になるか」を決めておくなんて、絶対《ぜったい》よくない。

だから今は、計画書なんて、手の届《とど》くところにないほうがいい。

そう思ったのだ。

でも、寝不足《ねぶそく》が続く中で、どんどん精神《せいしん》が不安定になっていって、マイナスの考えばかりが浮《う》かんでくるようになって。

四人でこの家を脱出《だっしゅつ》するのは、どうしたって不可能《ふかのう》に思えてきて――……。

計画書は、そんなときのための〝保険《ほけん》〟になってしまう。

四人でこの家を脱出《だっしゅつ》することができず、惨劇《さんげき》を起こすこともできないまま、なすすべなく最終日になったとしても。誰《だれ》かが生き残れるよう、事前に計画書に記入し提出《ていしゅつ》してさえいれば、全滅《ぜんめつ》はまぬがれる。

だったらやっぱり、もっと最終日が近づいてせっぱつまった状況《じょうきょう》になれば、「計画書を書いておこう」という意見は、きっと出てくるにちがいない。

そのことを、考えれば考えるほど、耐《た》えられない気持ちになっていった。

（いやだ。誰《だれ》か一人でも、欠けることになるなら……たとえ、ぼくが死なずにすんで、自分の家に帰れることになったとしても……そんなの、そんなの――……それくらいなら、いっそ）

ほんの一瞬《いっしゅん》、住《す》み慣《な》れた自分の家が、脳裏《のうり》に浮《う》かんだ。

千登世の家は、いわゆる「閑静《かんせい》な住宅地《じゅうたくち》」の端《はし》っこにある一軒家《いっけんや》。

「閑静《かんせい》な」のあとに「高級」という文字を入れてもいいだろう。

そういった場所だからか、あるいはそこのコミュニティ特有の空気なのか、その住宅地《じゅうたくち》の住民たちは、えてして競争意識《いしき》が高かった。

何か下手なことをすれば、すぐに後ろ指をさされて〝ランク〟を下げられる。

そんなコミュニティの空気を、千登世は幼《おさな》いころから察して、その空気に適応《てきおう》していた。

勉強が得意で人当たりの良い千登世にとって、大人たちの望む「完璧《かんぺき》な優等生《ゆうとうせい》」としてふるまうことは、難《むずか》しくなかった。

ただ、千登世は昔から、競争や勝負といったものが苦手だった。

コミュニティでは、いつも誰《だれ》かと何かを競《きそ》わされ、順位をつけられ、選ばれる者とそうでない者とに分断《ぶんだん》される。

そういうところは、とことん千登世の性《しょう》に合わなかった。

夜のあいだ、千登世はたいてい、一人で家の留守番《るすばん》をまかされていた。

父は単身赴任《ふにん》で別居《べっきょ》しているし、母は仕事場に寝泊《ねと》まりすることが多いからだ。

そのことで、親や自分が、まわりからいろいろ言われるのがいやだった。

だからいっそう、「完璧《かんぺき》な優等生《ゆうとうせい》」として見られるように努力した。

でも、そうやって日々を過《す》ごすストレスが、いつしか限界《げんかい》になって。

ある日、千登世は留守番《るすばん》を放り出して、夜の町に走りに出た。

言いつけを破《やぶ》って、ほかの誰《だれ》と競《きそ》うでもなく、ただ走る。

そんな時間の中でだけ、千登世は、コミュニティから解放《かいほう》されている自分を感じた。

競争も、勝負も、選ばれる者とそうでない者とに分かれるのも、いやなのだ。

まして――〝夜〟という特別な時間の中で出会った、何より大切で大好きな仲間たちが相手ならば、なおさらだった。

＋

翌日《よくじつ》、十月十三日。

結局、昨夜も目覚ましは何度も鳴《な》り響《ひび》き、四人とも引き続き寝不足《ねぶそく》だった。

千登世はめずらしく、いちばんおくれてダイニングにやってきた。

すると、先に来ていた三人が、待ちかまえていたように千登世を見た。

「千登世。……昨日、あれから、三人で考えたんだが」

いづみにそう切り出され、ただでさえ三人と顔を合わせるのが気まずかった千登世は、ぎくりとして身がまえた。

「あのさあ、千登世ー。もし、いづみと楽央が言ってたみたいに」

と、話の続きを、竜之介が引《ひ》き継《つ》ぐ。

「本当に、地下室に〝五人目〟がいるならよ――そいつを『遺体《いたい》』にすりゃいーんじゃね？」

竜之介は、やつれた顔でにやりと笑う。

「そーすりゃ、オレたち四人は、誰《だれ》も死なずにすむぜ」

「だから〜、千登世さん。一回、地下室、開けてみてください！」

その頼《たの》みに、千登世は迷《まよ》い、とまどった。

けれど――もし、本当に、四人全員で生き残る方法があるのなら。

「わかった……」

地下室に行ってみよう。と、千登世はうなずいた。

そうして、四人はまた、地下室の扉《とびら》の前にやってきた。

千登世が扉《とびら》の鍵《かぎ》を開けて、地下室に入る。

あとの三人も、それに続いた。

しかし――。

「誰《だれ》も……いないみたいだけど」

千登世は、人の気配がない地下室の中を、あちこち見回す。

そう広くもない地下室を、それから四人でくまなく捜《さが》したが、ひそんでいる〝五人目〟などが見つからなかった。

「ん～。ノックが返ってきたのは、幻聴《げんちょう》だったんすかね～？　いづみさん」

「かもしれないな。……極度の寝不足《ねぶそく》なら、そういうことも、起こり得るか……」

楽央たち三人は、千登世が地下室のどこかに隠《かく》した計画書も、それとなく探《さが》していた。

けれど、ごちゃごちゃと物が多い地下室をちょっと探《さが》したくらいでは、見つけることができなかった。

チャンスがあれば、千登世から鍵《かぎ》を奪《うば》うつもりでいたが、そんな隙《すき》もまったくなかった。

四人は地下室を出て、扉《とびら》を閉《し》める。

千登世は、三人を視線《しせん》で牽制《けんせい》しながら、扉《とびら》に鍵《かぎ》を差しこんで、カチリと回した。

そして、鍵《かぎ》をポケットにしまおうとした、そのとき。

「あ……」

ポケットの入り口で引っかかった鍵《かぎ》が、千登世の手を離《はな》れ、チャリーン、と音を立てて床《ゆか》に落ちた。

「――!」

竜之介は、すかさず鍵《かぎ》に飛びつき、それを拾った。

千登世から距離《きょり》を取り、竜之介は、手の中に鍵《かぎ》を握《にぎ》りしめて千登世をにらむ。

寸刻《すんこく》(*2)、千登世は、じっと竜之介を見つめたが。

すぐにふっと目をそらし、奪《うば》われた鍵《かぎ》を取りもどそうともせず、扉《とびら》の前の三人に背《せ》を向けて、階段《かいだん》を上っていった。

「な……なんだよ、あいつ。やけにあっさりと……」

竜之介は拍子抜《ひょうしぬ》けする。楽央もいづみも、意外に思った。

*2 「寸刻《すんこく》」…ほんの少しの時間。

しかしともあれ、これでゆっくり計画書を探《さが》すことができる。

そう考えながら、千登世の姿《すがた》が見えなくなったあと、竜之介は扉《とびら》に鍵《かぎ》を近づけた。

――が、それを鍵穴《かぎあな》に差しこむことは、できなかった。

鍵穴《かぎあな》に、鍵《かぎ》が入らなかったのだ。

「やられた……！　これ、たぶん――あいつの家の鍵《かぎ》かなんかだ！」

千登世は、扉《とびら》に鍵《かぎ》をかけたあと、一瞬《いっしゅん》でそれをすり替《か》え、わざと落としたのだ。

竜之介たち三人が、隙《すき》をねらって地下室の鍵《かぎ》を奪《うば》おうとしていると、見越《みこ》した上で罠《わな》をしかけたのだ。

「くそっ！　あいつが、確実《かくじつ》に鍵《かぎ》を持ってるときが、チャンスだったのに……！」

いったん千登世から目を離《はな》してしまった以上、もう、地下室の鍵《かぎ》がどこにあるかはわからなくなった。

竜之介は、楽央は、いづみは、思い知る。

千登世は本気なのだ。

絶対《ぜったい》に地下室の鍵《かぎ》を渡《わた》すまいと、こんな小細工までして。

――計画書を、けっして提出《ていしゅつ》させないつもりなのだ。

竜之介たちが一階に上がると、千登世はすでに自分の部屋にもどっていた。

「――おいっ、千登世！」

部屋に乗りこんだ竜之介は、千登世の胸《むな》ぐらをつかんでどなりつける。

「いいかげんにしろっ！　てめーの勝手な都合に、オレらを巻《ま》きこむんじゃねーよ！」

「……じゃあ、リューノは、どうしたいの？　あの計画書の『死亡者《しぼうしゃ》』の欄《らん》に、この中の誰《だれ》の名前を書きたいの？」

そう問われて、竜之介は言葉をつまらせる。

歯を食いしばり、つかんだ服を離《はな》すと同時に、竜之介はドンッと千登世を突《つ》き飛《と》ばした。

「千登世……おまえは、誰《だれ》かを犠牲《ぎせい》に選ぶくらいなら、『自分自身も助からなくていい』って思ってんだよな？　だったら――おまえが一人で〝遺体《いたい》〟になりゃあいいだろ！」

よろけて、床《ゆか》に座《すわ》りこんだ千登世は、うつろな目で竜之介を見上げて言った。

「そっか……アンケートの回答のとおりだね」

いやみっぽく、千登世は笑う。

竜之介の顔がみるみる赤くなり、大きくゆがんで引きつった。

「でも、言ったでしょ？　ぼくは、おとなしく殺されたりしないって。加えて言うなら、自力で〝遺体《いたい》〟になる気もないよ、あいにくだけど。……それでも、リューノ。無理を承知《しょうち》で頼《たの》んでみる？　こういうこと、『いちばんすんなり引き受けてくれそう』なぼくに」

「──……っ」

竜之介は声もなく、座《すわ》りこんだままの千登世に、またつかみかかった。

部屋の入り口の外で、そのようすを見ていた楽央は、たまらず止めに入った。

「あ〜も〜。竜之介さんも、千登世さんも。今は仲間割《なかまわ》れとか、やめましょうよ〜」

「──るせーよっ！」

楽央の手を、勢《いきお》いよくふり払《はら》い、竜之介は立ち上がった。

竜之介は楽央を、そして、まだ部屋の外にいるいづみをにらむ。

「てめーらも、いーかげんなこと言うんじゃねえよ！　何が〝五人目の住人〟だ！　そいつがいれば、オレら四人とも助かるかもとか──ぬか喜びさせやがって！」

大声でどなられた楽央は、思わず首をすくめた。

そうしながら、半歩うしろに下がったが。

「……あーもー。ギャーギャーうるっせーなあ、アンタ」

低く吐《は》き捨《す》てて、楽央は、竜之介をにらみ上げた。

見たことのない楽央の態度《たいど》に、竜之介はギョッとする。

「それだったら、こっちも言わせてもらいますけどねえ。竜之介さん、アンタ、なんであのとき、自分の家を見に行こうともしなかったんすか」

「は……？　な、なんの話だよ」

「ここに来る前、台風の中で、四人で町をうろついてたときっすよ。あたしといづみさん、千登世さんの家は、【立入禁止《たちいりきんし》】のバリケードのせいで、入れなくなってた。けど、アンタの家は、どうだったかわからない。なのに、アンタはたしかめようともせずに――」

「あ、あれは。だから、あのときも言っただろ。バリケードがあろうがなかろうが、どっちみち、おまえらをうちに泊《と》めるとか、無理だったんだって」

「無理って、なんすか。あんな非常事態《ひじょうじたい》でも、友だちを家に泊《と》められない理由って？　どんな事情《じじょう》があったんだか、聞きたいもんっすね」

「それは……」

「もしもあのとき、みんなで竜之介さんの家に泊《と》まれてたら――あたしら、こんな家に来る

ことも なかったんすよ！」

楽央のその言葉に、竜之介は、目を見開いて固まった。

時間が止まったような、沈黙《ちんもく》が流れる。

千登世もいづみも、何も言わない。

ふだんの二人なら、こういうときはどちらかが、場をなだめようとするのだが。

千登世は、もはやそんな立場ではなかった。

いづみも今は、寝不足《ねぶそく》で精神《せいしん》がすり減《へ》って、ただ見ていることしかできなかった。

しばらくしてから、竜之介は、うつむいて震《ふる》える声をしぼり出した。

「おまえらはさあ……夏場に、近所のコンビニで、プリン買ってきて……やっぱ、明日ゆっくり食おうかな、みたいなときって……どうしてる？」

唐突《とうとつ》なその質問《しつもん》に、楽央は眉《まゆ》をひそめた。

千登世も、部屋の外にいるいづみも、質問《しつもん》の意図がわからず困惑《こんわく》する。

「オレはさあ……前に、そういうことがあって……買ってきたプリン、家の台所の冷蔵庫《れいぞうこ》に、入れといたんだよ。そしたら……次の日の朝、プリンが、机《つくえ》の上にあったんだ。オレがプリン入れたとき、冷蔵庫《れいぞうこ》、ちょうど満杯《まんぱい》で……そのあと、親が缶《かん》ビール入れようとしたら、入れるスペースなかったらしくて。それで親が、缶《かん》ビール冷やす代わりに、プリンを冷《れい》蔵《ぞう》庫《こ》の外に出してたんだよ」

夜になっても気温が三十五度ある、暑い日だった。

冷《れい》房《ぼう》を切った台所に、朝まで出しっぱなしにされていたプリンは、生ぬるく腐《くさ》っていた。

「そのことで、親に文《もん》句《く》言ったら……『冷《れい》蔵《ぞう》庫《こ》はおまえが買ったものじゃないし、家の電気代もおまえは払《はら》ってない。だから、冷《れい》蔵《ぞう》庫《こ》のスペースを使う優《ゆう》先《せん》権《けん》はこっちにある。文《もん》句《く》があるなら、おまえも自分の金で冷《れい》蔵《ぞう》庫《こ》を買って、冷《れい》蔵《ぞう》庫《こ》を置く場所を増《ぞう》築《ちく》して、冷《れい》蔵《ぞう》庫《こ》の電気代を払《はら》え』……だってさ」

楽央たちは、その話を聞いて、なんと言えばいいのかわからなかった。

竜之介は、唇《くちびる》の端《はし》を引きつらせて、笑い声とも泣き声ともつかない声をもらした。

「わかる？　オレは、冷《れい》蔵《ぞう》保《ほ》存《ぞん》の食いもん一つ、うかうか持ち帰るわけにいかねーの。そんくらい、オレの家は、オレの居《い》場《ば》所《しょ》じゃねーんだよ。そんな家に、おまえら連れてって、泊《と》めるなんて――どうやって許《きょ》可《か》取っていいか、わかんねーんだよ！」

さけぶやいなや、竜之介は顔を上げることなく、早足で部屋を出ていった。

楽央たち三人は、呼《よ》び止《と》めることも、あとを追うこともしなかった。

竜之介にかけるべき言葉を、誰《だれ》も見つけることができなかった。

＋

自分の部屋にもどった竜之介は、ベッドに入って、頭まで布団《ふとん》にもぐりこんだ。寝不足《ねぶそく》で疲《つか》れきっているのに、頭の中がぐちゃぐちゃに熱くなって、眠《ねむ》れない。

ここに来たばかりのころのことを、竜之介は思い返す。

ほんの一月《ひとつき》足らず前のことなのに。

あまりにいろんなことがあったせいか、もうはるか昔のことみたいに、なつかしい。

この家の正体とルールを知らされて、この家から出られなくなったとわかって、もちろん、うろたえたし恐怖《きょうふ》したけれど。

それでも、「自分の家に帰らずにすんで、ラッキー」という気持ちが、心のどこかにあった。

（オレは……あいつらといっしょなら、この家に閉《と》じこめられるのも、悪くないって思った。けど、オレ以外のやつらは、ちがうんだろうな。あいつらは、ふつーに自分の家に帰り

たいって、思ってたんだろうな。そういうとこ、やっぱわかり合えねーや）

今の仲間と出会う前、竜之介は、自分と同じような境遇《きょうぐう》の子どもたちとつるんでいた。

当時の仲間たちには、家のことや親のことを、気軽に愚痴《ぐち》ることができた。

でも、夜遊び同盟《どうめい》のメンバーは、自分とはちがう。

彼《かれ》らはきっと、そんな愚痴《ぐち》を聞いたところで、誰《だれ》も「わかる」なんて言ってくれない。

千登世も、楽央も、いづみも……それに。

（――それに？）

……あれ？　なんだろう？

今、いったい誰《だれ》のことを、思《おも》い浮《う》かべかけたんだっけ？

竜之介は少し考えたが、つかみそこねた記憶《きおく》の糸は、たちまち手の届《とど》かない深いところへ沈《しず》んでしまった。

まあいいや、と、竜之介は布団《ふとん》の中で寝返《ねがえ》りを打つ。

（千登世には、ああ言っちまったけど。誰《だれ》か一人、遺体《いたい》にならなきゃってんなら――オレが、いちばんそうなるべきかもな）

帰りたい、と思う家もない。

帰ってきてほしい、と望まれてもいない。

夜おそくまで出歩いても、何日か家に帰らなくても、親は竜之介を捜《さが》そうともしない。

（でも……オレ、死ぬのは、ヤなんだよ）

死は、この世からの拒絶《きょぜつ》だ。世界から否定《ひてい》されることだ。

だから、生き残って、世界に存在《そんざい》することを許《ゆる》されていると感じたい。

四人で脱出《だっしゅつ》する方法がないのなら。

生き残るには――少なくとも、「全滅《ぜんめつ》」を望む千登世のことは、殺すしかないのだろうか？

（けど、そしたら……いっしょに生き残った楽央といづみは、残念に思わねーかな。千登世が死ぬくらいなら、代わりにオレが死ねばよかったのに、って）

千登世が死んだら、にかぎらない。

楽央が死んでも、いづみが死んでも、そうなんじゃないか？

誰《だれ》といっしょに生き残っても、「どうせ死ぬなら、おまえが死ねばよかったのに」って、その誰《だれ》かに思われるんじゃないか？

（そうだよな、きっと。だって、オレは、こんなロクでもない人間なんだから）

いやだ。そんなふうに否定《ひてい》されるのは、絶対《ぜったい》にいやだ。

死ぬことそのものよりも、それが何より怖《こわ》い。

だったら――絶対《ぜったい》に否定《ひてい》されないためには、どうすればいい？

（ああ、そうだ。誰《だれ》かといっしょに、じゃなくて。――オレ一人だけ、生き残ればいいんだ）


少し眠《ねむ》って、地下から響《ひび》くベルの音で目覚めたとき。

竜之介の部屋の真ん中には、見覚えのない一つの小包があった。

脱《ぬ》ぎっぱなしの服や、菓子《かし》の箱や袋《ふくろ》で散らかった部屋。

室内にあるものは、どれもありふれた、そこらへんで手に入りそうなものばかり。

そんな部屋のほうが、竜之介には心地《ここち》よかった。

進路に転がっていたチープなクッションを蹴飛《けと》ばして、竜之介は小包に近づいた。

『あなたの望みを叶《かな》えるために、役立ててください。』

貼《は》り付《つ》けられていたそのカードを読んで、小包を開けてみる。

中には一粒《つぶ》の錠剤《じょうざい》と、説明書の紙が入っていた。

「……なんだよ、これ」

説明書には、にわかには信じられないことが書かれていた。

漫画《まんが》や映画《えいが》くらいでしか、見たことのないような言葉が。

まさかこの先、こんなものが必要になるときが、来るというのだろうか？

（でも、もし、そのときが来たら……これを持ってりゃ、たしかに、オレだけ生き残れるかもしれねーな）

錠剤《じょうざい》を握《にぎ》りしめ、竜之介は、唇《くちびる》の端《はし》をゆがませて笑った。

＋

十四日も、十五日も。

目覚ましのベルは、相変わらず昼となく夜となく鳴《な》り響《ひび》いた。

家の中がやっと静かになったのは、十六日。

この家では、ゴミをまとめて勝手口の横に置いておくと、回収日《かいしゅうび》の朝にはそれが消えている。おかげで、家の外に出られなくても「ゴミを出す」ことはできていた。

十月の十六日は、この地区では月に一度だけある、不燃《ふねん》ゴミの回収日《かいしゅうび》だった。

今羽市《いまわし》指定の不燃《ふねん》ゴミ袋《ぶくろ》に入れて、勝手口の横に置いていた目覚まし時計は、朝にはちゃんと家の中から消えていた。

この日は四人とも、ようやくまともに眠《ねむ》ることができた。

朝から寝床《ねどこ》に入り直して、ひたすらこんこんと眠《ねむ》りをむさぼり、日が暮《く》れても起きてくることはなかった。

——一人をのぞいては。


「は〜、おなかすいたあ〜！」

夕方ごろ、一人だけ先に目を覚ました楽央は、ダイニングに下りてきた。

「ここんとこ、食欲《しょくよく》なくて、ロクなもん食べてなかったからな〜」

冷蔵庫《れいぞうこ》を開けて、楽央は食べられるものがあるか確認《かくにん》する。

いつか竜之介が言ったとおり、家の中の食料は、気づけばどこかからか補充《ほじゅう》されていて、足りなくなることは決してなかった。

とはいえ、冷蔵庫《れいぞうこ》の中に今あるのは、野菜や肉など未調理の食材ばかり。すぐに皿に移《うつ》して食べられるようなものは、見当たらない。

ここ数日は、誰《だれ》も料理をする余裕《よゆう》がなかったからだ。

インスタント食品は食べつくして、まだ補充《ほじゅう》されていないし、冷凍《れいとう》食品も……。

楽央は一応《いちおう》、冷凍室《れいとうしつ》を開けてみる。

けれどもそこには、トレイごと突《つ》っこまれた肉や魚がぎっしりとつまっていて、やはり解《かい》凍《とう》してすぐに食べられそうなものはなかった。

冷凍室《れいとうしつ》に入りきらなかった生ものは、いろいろ傷《いた》み始めているようだ。

早めに冷蔵庫《れいぞうこ》の中を整理して、生ゴミに出さなければならない。

（そういや、冷凍室《れいとうしつ》の底のほうに、何かわからない古そうな肉があるって、千登世さん言ってたっけ。あれ、さっさと捨《す》てちゃって、冷凍室《れいとうしつ》のスペース確保《かくほ》しときゃよかったかな～）

などと思いつつ、楽央は、冷蔵庫《れいぞうこ》からとろけるチーズとピザソースを取り出す。

食パンはあるので、とりあえず、具なしピザトーストを作って腹《はら》を満たすことにした。

トーストを食べたあとは、風呂《ふろ》を沸《わ》かしてゆっくりつかった。

風呂《ふろ》のフタの上で雑誌《ざっし》を広げて、気ままにページをめくってぼーっとながめる。

そんなふうに、くつろぎながらも。

（もう、十六日……。あと三日、か……）

いよいよ目前に迫《せま》った、居住《きょじゅう》期間の最終日である十月十九日のことは、もちろん頭から離《はな》れなかった。

惨劇《さんげき》の計画書は、最終日の前日までに提出《ていしゅつ》する必要がある。

できなければ、最終日の十九日、自分たち四人は〝侵入者《しんにゅうしゃ》〟に皆殺《みなごろ》しにされる――。

そのことを考えると、不安と恐怖《きょうふ》で押《お》しつぶされそうだった。

だめだ、だめだ。こんな気分は。

何か、楽しいことを考えないと。

あのときから、ずっとそうしてきたみたいに――。

楽央がまだ幼《おさな》かったころ。楽央の母親は、ある日とつぜんいなくなった。

それ以来、テレビや本やゲームやいろいろな娯楽《ごらく》に、楽央はのめりこむようになった。

楽しみが欲《ほ》しかったから、じゃない。

囚《とら》われていたくない感情《かんじょう》を、消してしまいたかったからだ。

楽央にとっての「楽しいこと」。

それは、より具体的に言うなら、刺激《しげき》だった。

恐怖《きょうふ》や不安を、悲しみを、さびしさを、ぬりつぶして麻痺《まひ》させるような、強い刺激《しげき》。

今まで好んできたいろいろな娯楽《ごらく》も、強い刺激《しげき》を与《あた》えてくれる、怖《こわ》い話やスリルのあるものが多かった。

夜遊び同盟《どうめい》の活動も、言ってみれば、そんな娯楽《ごらく》の一つだ。

いづみと出会って、友だちになったことも。

楽央がいづみと出会ったのは、ほかの二人に出会うよりはるか昔の、七歳《さい》のときのこと。

その夜、退屈《たいくつ》を持てあましていた楽央は、自宅《じたく》のアパートをこっそり抜《ぬ》け出《だ》した。

そして、アパートの裏《うら》とつながっていた、いづみの家の庭に入りこんだ。

それをきっかけに、いづみと仲良くなって。以来、いづみが自室にしている離《はな》れに、ちょくちょく泊《と》まりにいくようになった。

お泊《と》まり自体は、親も知っていて、公認《こうにん》していることだった。けれど。

中学生になってからは、いづみと二人で離《はな》れを抜《ぬ》け出《だ》し、夜に出歩くことを覚えた。

そうしているうちに、千登世と竜之介の二人に出会って、夜遊び同盟《どうめい》が生まれたのだ。

大人たちにはバレちゃいけない、秘密《ひみつ》の時間、秘密《ひみつ》の友だち。

それはとても刺激的《しげきてき》で、楽しくて――……。

そんな時間が、ずっと続いてほしかったのに。

だめだ、だめだ。苦しくなる。

こんな気分は、ぬりつぶさなきゃ、麻痺《まひ》させなきゃ。

（楽しまなきゃ）

今から、この状況《じょうきょう》から、どうやって「楽しく」すればいい？

四人で協力できるなら、きっと難《むずか》しいことじゃないのに。

そう。いつかみたいに、だいじな仲間をみんなで守るため、とかだったら。

（……ん？　それって、いつのことだっけ？　……誰《だれ》のことだったっけ？）

たしか、そんなことがあったような気が、今一瞬《いっしゅん》したのに。

楽央は、どうしても思い出すことができなかった。

（とにかく……現状《げんじょう》、千登世さんが明確《めいかく》に〝敵《てき》〟になっちゃったわけだ。あたしは死にたくないからね～。生き残る側に、なんとかなりたいもんだけど……。そのためには……千登世さんを倒《たお》さなきゃ、かな？　ん～。それって「楽しい」？）

正直、あんまり気乗りしない。

対戦も悪くはないけど、仲間と協力プレイするほうが好きだし。

ソロプレイって、どうもあんまり――。

（……あ。そっか。何も、一人で千登世さんを「倒《たお》す」必要ないんだ）

それに気づいて、楽央は笑《え》みを浮《う》かべた。

よかった。こんな状況《じょうきょう》でも、ちゃんとワクワクできる。「楽しい」って感じられそう。

（だよな。だって、あたしは）

あの目覚ましが鳴り始めて、みんな寝不足《ねぶそく》で余裕《よゆう》がなくなって、とうとうこの前のような、決定的な決裂《けつれつ》が生まれた、あの状況《じょうきょう》の中でさえも。

――おもしろいことになってきた。

と、楽央は、心のどこかでワクワクしていた。

つらいときほど、刺激《しげき》を探《さが》し求《もと》めて楽しもうとする。そんな癖《くせ》がついていた。

（は～、なんなんだろ。クズすぎでしょ、あたし）

楽央は、つま先で風呂《ふろ》のフタの裏《うら》を蹴《け》り上《あ》げた。

この家の風呂《ふろ》のフタは、重くて分厚《ぶあつ》い二枚割《まいわり》タイプだから、ほとんど動かなかったけど。

（お、そーだ。〝敵《てき》〟を倒《たお》す方法、たとえば、こんなのはどうかな～）

楽央は鼻歌まじりに、風呂《ふろ》のフタを、ズズッと頭のほうへ引《ひ》き寄《よ》せた。

+

十月十七日の朝になった。

明日までに、**事件《じけん》を起こして最低一つの死体を作るか、あるいは、惨劇《さんげき》の計画書を提出《ていしゅつ》するかしなければならない。**

どちらもできなかった場合、最終日の十月十九日、自分たちは全員死ぬ。

いづみは、途方《とほう》に暮《く》れていた。

昨日、夜起きてみんなと顔を合わせたが、もう誰《だれ》も、たがいに口をきこうとしなかった。

気まずい空気の中、各自で食べたいものを作って食べて、夕食を終えて。

そのあと、たまった家事を手分けして片《かた》づけていたときも、交《か》わされるのは事務的《じむてき》な、必要最低限《さいていげん》の会話だけだった。

今日、いづみは、自分の部屋から出る気にもなれずにいた。

夜遊び同盟《どうめい》の仲間たちが、自分の中で、いったいどういう存在《そんざい》なのか。

いづみには、よくわからなくなっていた。

布団《ふとん》をたたんで、その上に腰《こし》かけて、畳《たたみ》を見下ろす。

いづみは幼《おさな》いころから、家の離《はな》れにある和室を自分の部屋にして使っていた。

そのため、洋室よりも畳《たたみ》のある和室のほうが、なじみがあって居心地《いごこち》がよかった。

離《はな》れを使い始めたのは、たしかまだ、幼稚園《ようちえん》に通っていた時分だった。

いづみの家族はみな早寝《はやね》早起きだったが、いづみは幼《おさな》いころから夜型人間で、夜中に母屋《おもや》の古い廊下《ろうか》を、ギシギシ足音を立てて歩き回っては、家族の眠《ねむ》りをさまたげていた。

そんないづみに、ある日、祖父母《そふぼ》が提案《ていあん》した。

ひいおばあちゃんの部屋だった、離《はな》れの和室。あそこをいづみの部屋にしようか？

離《はな》れの部屋や廊下《ろうか》なら、夜中に音を立ててもだいじょうぶだぞ、と。

祖父母《そふぼ》は、きっと冗談《じょうだん》で言ったのだろう。

まだ小さな子どもが、夜の離《はな》れで一人過《す》ごすなんて、きっといやがるにちがいないと。

だが、いづみはそれを受け入れた。

いやがることもさびしがることもなく。

合理的、という言葉は、当時のいづみの語彙《ごい》にはおそらくなかったことだろう。

それでも、いづみは自分が離《はな》れに行くのを「理にかなっている」と考え、納得《なっとく》したのだ。

大人からすれば、さぞかわいくない子どもだったんじゃないか、と今になっていづみは思う。

家族のことは、いづみなりに好いていた。

けれど、夜のあいだ、家族から一人離《はな》れて過《す》ごすことを、さびしいとは感じなかった。

(楽央は……わたしのことを、『情《じょう》に厚《あつ》い』と評《ひょう》してくれたが。……そうだろうか？　わたしは、人より薄情《はくじょう》なんじゃないだろうか？)

少なくとも、人付き合いは苦手だった。

それは、ガラついた声のせいもある。

この地声を、あまり人に聞かれたくなくて。ふだんはささやくような小声で話すようにしているのだが、そうすると、騒《さわ》がしい場所ではなかなか相手に声が聞こえない。

それで、だんだん人と話すのが苦手になった。

そう、だから。

夜遊び同盟《どうめい》のみんなと、仲良くなれたのは。

彼《かれ》らと出会う時間が、いつも静かな夜だったから。

ささやき声が相手に届《とど》く、夜だったからだ。

（——それだけの、ことなのか？）

仲間たちのことは、かけがえのない存在《そんざい》だと思っていた。

でも、こうしてあらためて考えてみると……。

彼《かれ》らじゃなくても、いいのかもしれない。

静かな場所で会って話ができる相手なら、べつにほかの誰《だれ》かでも。

だったら、この家を脱出《だっしゅつ》するために、今の仲間を失ったとしても……自分は存外《ぞんがい》、平気でいられるのかもしれない。

（とはいえ……犠牲《ぎせい》は、最小限《さいしょうげん》に抑《おさ》えたい。無駄《むだ》な犠牲《ぎせい》が出るのは、最悪だ）

だから、一人だけ。誰《だれ》か一人を、選ばなければ。

自分が生きてここを出るために、自分以外の誰《だれ》かを。

——トッ……。

ふいに窓《まど》の外で音がして、いづみはハッと顔を上げた。

たたんだ布団《ふとん》から腰《こし》を上げ、窓《まど》に駆《か》け寄《よ》って、そこから見える庭の裏《うら》を見回す。

今、足音がした。庭に誰《だれ》かがいた。

（……いや、ちがう。……足音じゃない。庭の木の実が、落ちただけじゃないか）

さんさんと朝日の降《ふ》り注《そそ》ぐ庭をながめ、いづみは小さく苦笑《くしょう》した。

それはそうだ。そもそも、こんな日差しの中に、いるはずがない。

（……いるはずがない？　……何が？　……誰《だれ》が？）

一瞬《いっしゅん》、何かを思い出しかけた気がした、けれど。

（……気のせいか）

こういう気のせいは、人間の脳《のう》にはよくあることだと、いづみは思った。

と、そのとき。

「い～づみさん。入りますよ～」

廊下《ろうか》から声がして、一呼吸《ひとこきゅう》おいて、部屋のふすまが開けられた。


「いづみさん。あたしと、組みませんか～？」

座布団《ざぶとん》に腰《こし》を下ろすなり、楽央はニヤッと八重歯《やえば》をのぞかせ、そう言った。

「生き残るために、二人で協力しましょうよ～」

「……二人で、なのか？」

「だって〜。千登世さんは〝一家四人全員殺害〟を目標にしちゃってるから、論外《ろんがい》ですし〜。竜之介さんもねえ。こないだから、な〜んか危《あぶ》ない感じじゃないっすか？」

このあいだ――うすうす察していた竜之介の家庭の事情《じじょう》を、明かされた日。

あの日から、竜之介がほかの三人へ向ける目には、常《つね》に暗い敵意《てきい》が宿るようになっていた。

「竜之介さん、もう、あたしらといっしょに生き残りたいとは、思ってないんじゃないかなあ。少なくとも、あの人と協力ってのは、無理っぽくないですかね〜」

「……そうだな」

「その点、いづみさんなら、味方として安全でしょ〜？　アンタのことだから、自分が助かるよう動くにしても、犠牲《ぎせい》は最小限《さいしょうげん》に抑《おさ》えたいって考えじゃないっすか？　無駄《むだ》な犠牲《ぎせい》が出ちゃうのは、最悪だって」

「……よく、わかってるな」

「そりゃ、いづみさんとは、七つのときからの付き合いっすからね」

へへーっと、楽央は笑った。

「あたしね。一人きりで生き残るのは、絶対《ぜったい》にイヤなんすよ。この家から脱出《だっしゅつ》できたとしても、一人になっちゃったら、そのあとの人生ずっと、なんにも楽しめなくなっちゃいそうな気がするから。そんなの、きっと、耐《た》えらんないから。……だから。この【幽霊屋敷《ゆうれいやしき》予定地】での出来事を、いっしょに背負《せお》って生きてける仲間が、必要なんです」

楽央は、いづみの黒い瞳《ひとみ》をじっと見つめた。

「いっしょに背負《せお》ってくださいよ。あたしは——生き残るなら、アンタとがいい」

いづみは表情《ひょうじょう》を変えることなく、楽央の目を見つめ返し、マスクの下で口を開いた。

「……あなたとわたしの間で、利害関係が一致《いっち》していることは、よくわかった」

「え〜⁉ 今の聞いて、そうなります〜？ ……まあっ、いいっすけど！」

楽央は、畳《たたみ》にうしろ手をついて天井《てんじょう》をあおぎ、ため息と苦笑《くしょう》をもらした。

「んで、具体的な話なんすけど〜。やっぱ、千登世さんを『倒《たお》す』ことで惨劇《さんげき》を成立させて、ここを脱出《だっしゅつ》するっきゃないですかね〜」

「まあ……『全滅《ぜんめつ》』以外の方法を取ろうとすれば、千登世に邪魔《じゃま》されるだろうから、そうするしかないな。……全員で助かる方法が、見つからない以上」

「そんなもの、なかったんすよ、最初っから」

さらりと言い放たれたその言葉に、いづみは小さく奥歯《おくば》をかんで、うなずいた。

「しかし、だ。……仮《かり》に、二人がかりでやるとしても……わたしたちで、あの千登世にかなうものだろうか？」

「ん～。千登世さん、見た目によらず武闘派《ぶとうは》ってか、運動神経《しんけい》ずば抜《ぬ》けてますもんね～」

そこでっ、と、楽央は顔の前で人さし指を立てた。

「昨日ね、風呂《ふろ》入ってて思いついたんすけど～。千登世さんの入浴中に、風呂《ふろ》のフタを首根っこにぐいってやって、その隙《すき》に首を絞《し》めるなり刺《さ》すなりするとか、どうっすかね～？」

「……え？　……ん？　……すまん、楽央。ちょっと、どんな状況《じょうきょう》を説明しているのか、よくわからない」

「えっと、だから～。千登世さんが湯船につかってるときにですね、あたしらが風呂場《ふろば》に押《お》し入《い》って、風呂《ふろ》のフタをスライドさせて～。ん～つまり、風呂《ふろ》のフタと浴槽《よくそう》のふちで、千登世さんの首をはさむわけっす。したら、千登世さんの首から下、つまり手足は、フタの下に封《ふう》じられて、とっさに反撃《はんげき》できない状態《じょうたい》になるでしょ？　その隙《すき》に――」

「………………」

「え。なんすか？　そのけげんな顔」

「……いや、その。わたしは、湯船につかるときは、風呂《ふろ》のフタをぜんぶどけて、壁《かべ》に立てかけておくんだが。……楽央は、フタを取らずに入浴するのか？」

「——あっ」

いづみに指摘《してき》され、それに気づいた楽央は、「あ～」とひたいを押《お》さえた。

「そっか～。あたし、いっつも半分だけフタ残して、その上に雑誌《ざっし》とかスマホとか置いて風《ふ》呂《ろ》入るから……。ほかの人は、そうとはかぎらないんすね～」

「千登世がどちらのタイプかは、ちょっとわからないな……」

「ん～。フタをスライドさせるくらいなら、不意打ちでやれないことないかな～って思ったんすけど。壁《かべ》に立ててるフタを湯船にかぶせて～、なんてしてたら、そのあいだに反撃《はんげき》されるか、逃《に》げられるかしちゃいそうっすね～」

結局、その作戦は無理がある、と二人は結論《けつろん》づけた。

「……そういえば」

不意に、いづみが立ち上がった。

「先日、部屋に、これが置かれていてな……」

いづみは、たんすの上に載《の》せていたその木箱を下ろして、楽央に見せた。

『あなたの望みを叶《かな》えるために、役立ててください。』

そう書かれたメッセージカードが貼《は》られた箱を。

「開けてもいいものかどうか、迷《まよ》っていたんだが……」

「開けましょうよ」

と、楽央はあっさり返した。

「今はとにかく、状況《じょうきょう》を動かすことが必要っす。これを開けて、中に入っているものを使うことで——何か、あたしらにとって、有利な状況《じょうきょう》が生まれるかもしれない」

それは、一《いち》か八《ばち》かの賭《か》けだった。

そして、今は楽央の言うとおり、賭《か》けに出るよりほかなかった。

いづみは、うなずいて、箱を開けた。

中に入っていたのは——家の模型《もけい》、だった。

高さ十五センチほどのその家は、緑色の外壁《がいへき》に、白い窓枠《まどわく》のコントラストが印象的だ。

「ミニチュアハウスか……この家に、そっくりだな。外観のデザインもだし……見たところ、間取りもこの家と一致《いっち》している」

「家の中、電気がついてるっすね。——あれ？　でも。電気のついてる部屋と、そうでない部屋がある。あたしの部屋は、暗くなってるっす」

言いながら、楽央は小さな窓《まど》を指さす。

「ひょっとして。今、あたしの部屋には電気がついてないから、なんすかね?」

「実物のこの家と……ミニチュアハウスの電気が、連動しているということか?」

いづみは、ミニチュアをあちこち調べてみる。

すると、外壁《がいへき》の一部がフタになっている箇所《かしょ》が見つかった。

フタを開けてみたところ、そこには一つの黒いレバーがあった。

「なんか~……あれっすね。ブレーカーみたいっすね」

楽央の言うとおり、それはブレーカーのレバーにそっくりだった。

「…………」

いづみは少し考えてから、パチン、とそのレバーを押《お》し下《さ》げた。

ミニチュアハウスの中の明かりが、残らず消える。

同時に部屋の電気も消えて、日当たりの悪い室内は、薄暗《うすぐら》さに包まれた。

「……なるほど」

うなずいて、いづみはもう一度レバーを上げた。

ミニチュアのほうにも、実物の部屋にも、もとどおり電気がもどった。

「いづみさん。これは――使えますよ！」

ミニチュアハウスを見つめて、楽央は目を輝《かがや》かせた。

「前に、バトル漫画《まんが》で見たことある作戦なんすけど！　敵《てき》につかまった主人公たちが、数分間目を閉《と》じて、味方が停電を起こすのを待つんです。で、電気が消えた瞬間《しゅんかん》に、反撃《はんげき》するんすよ。いきなり暗闇《くらやみ》になったことで、敵《てき》は視界《しかい》が利《き》かなくなる。けど、目を閉《と》じることで、あらかじめ闇《やみ》に目を慣《な》らしてた主人公たちは、暗闇《くらやみ》の中でも敵《てき》の姿《すがた》が見えるわけっす！」

「……！　それは、かなり有効《ゆうこう》な方法かもしれないな」

「ね！　千登世さんが相手でも、そうやって一方的に視界《しかい》を奪《うば》えれば、身体能力《のうりょく》の差は埋《う》められますよね！　あたしらでも、じゅーぶん勝《か》ち筋《すじ》あります！」

「ああ。……それじゃあ。千登世と同じ部屋にいるときに、どうにか怪《あや》しまれないよう、しばらく目をつぶっておいて……」

「このミニチュアハウスを使って、ブレーカーを落として電気を消す！　そして、すかさず攻撃《こうげき》！　相手の目が慣《な》れる前に、一瞬《いっしゅん》で片《かた》を付けるのが肝心《かんじん》っすね」

「うん。となると。……決行は、今夜か、あるいは明日の夜か。……外が明るい時間帯では、この方法は使えない」

いづみと楽央は、そろってミニチュアハウスに目を落とした。

「〝遺体《いたい》〟を作って、この家を脱出《だっしゅつ》するなら……明日が、最後のチャンス。……だが、あまりギリギリになるのも、避《さ》けたいところだ」

「そっすね。余裕《よゆう》を持ってやるなら——今夜。さっそく、やっちゃいます？」

わざとらしいほど軽い口調で、楽央は言った。

自分で自分の背中《せなか》を押すように。

ためらう暇《ひま》を、自らに与《あた》えまいとするかのように。

いづみと楽央は、ミニチュアハウスから顔を上げ、視線《しせん》を交《か》わした。

濃色《のうしょく》のマスクが、かすかに動く。

ゆっくりと口を開いたいづみは、楽央に答えを返すべく、のどの奥《おく》からかすれたささやき声を押《お》し出《だ》そうとした。

——が、まさにそのとき。

ミニチュアハウスの明かりがすべて、ふっ、といっせいに消《き》え失《う》せた。

同時に、二人のいる和室も、ふたたび照明が落ちて薄暗《うすぐら》くなった。

「……なんだ？」

ブレーカーのレバーは、動いていない。

いづみは首をかしげて、パチン、パチン、と何度かブレーカーを入れ直す。

しかし、電気はつかない。

部屋の電気のスイッチも押《お》してみたが、やっぱりつかない。

「えっと〜……これって」

「ミニチュアハウスの……電池が、切れたのか？」

どうやら、そうらしかった。

ミニチュアハウスは、それきり何をどうやっても、二度と明かりをともすことはなかった。

いづみと楽央は、電池を交換《こうかん》しようと家の中を探《さが》してもみた。けれど、同じ種類の電池は見つからなかった。

そうして、ミニチュアハウスと同じように。

実物のこの家も、電気が使えなくなってしまったのだった。

■

もうすぐだ。あと少しで、この家は〝完成〟する。

いわくつきの幽霊屋敷《ゆうれいやしき》という〝あるべき姿《すがた》〟を手に入れることができる。

自身の内部にその気配を、惨劇《さんげき》の予兆を感じながら、【幽霊屋敷予定地《ゆうれいやしき》】は高揚《こうよう》していた。

順調に事が進んでいるのが、心地《ここち》よかった。

ここに至《いた》るまでの間、危《あや》うい場面にひやりとしたことも、じつはあったが。

――そう、一度だけ。

【幽霊屋敷予定地《ゆうれいやしき》】は、感情《かんじょう》、と呼《よ》べるほどのものを持たない怪異《かいい》だ。

ひやりとしたのも、いってみれば感情《かんじょう》未満の、本能的《ほんのうてき》な危機感《ききかん》の発動だった。

あのとき。十月十三日の朝おそく。

住人たちは、地下室にひそむ〝五人目の住人〟を、殺すことを思いついた。

そうすれば、四人全員で生きてこの家を出られるのではと、彼《かれ》らは考えた。

その考えは、正解《せいかい》だった。

ある意味では、最適解《さいてきかい》だった。

なぜなら、地下室にひそんでいたのは【怪《かい》ぬしさま】だったから。

【怪《かい》ぬしさま】は、特別な怪異《かいい》だ。

その役目は、怪異《かいい》たちの命をつなぎとめる、いわば生命維持装置《いじそうち》。

【怪《かい》ぬしさま】が死ねば、帯多田《おびただ》の土地にはびこる怪異《かいい》はすべて、道連れとなって消滅《しょうめつ》する。

【幽霊屋敷予定地《ゆうれいやしき》】は、本能《ほんのう》でそれを知っていた。

さいわいにも、住人たちは【怪《かい》ぬしさま】に出会うことはなかった。

このまま、出会うことがなければいいのだが。

【怪《かい》ぬしさま】の存在《そんざい》とその役目を、人間に知られてはならない。

帯多田の怪異《かいい》を滅《ほろ》ぼす方法を、知られるわけにはいかないのだ。

当の【怪《かい》ぬしさま】も、わかっているはずだ。

正体を知られれば、人間に殺されるかもしれないと。

人間だったころの記憶《きおく》はなくしても、そのことだけは、本能的《ほんのうてき》に理解《りかい》しているはずだ。

それなのに――【怪《かい》ぬしさま】は、なぜわざわざ、この家の中に現《あらわ》れたのか。

【幽霊屋敷予定地《ゆうれいやしき》】には、ひどく不可解《ふかかい》だった。

まだ人間だったころの【怪《かい》ぬしさま】が、この家で暮《く》らしていたこと。

まだ人間だったころの【怪《かい》ぬしさま】が、今この家の住人となっている四人と、深い関《かか》わりを持っていたこと。

それらのことを、【幽霊屋敷予定地《ゆうれいやしき》】は知っていた。

けれど、感情《かんじょう》、と呼《よ》べるほどのものを持たないこの怪異《かいい》に、それらの意味を考えることまでは、できなかった。

第４章
とけた肉

〝停電〟の中、やがて日は暮《く》れて、夜になった。

その晩《ばん》――。

竜之介《りゅうのすけ》は、二階にある自室から、できるかぎり出ないようにして過《す》ごした。

暗闇《くらやみ》の中、ほかのメンバーに出くわすことが、今は恐《おそ》ろしかったからだ。

いづみは、同じく二階にある楽央《らお》の部屋に泊《と》まって、二人で過《す》ごした。

いづみの部屋は、出入り口がふすまの和室。ほかのメンバーの部屋には内鍵《うちかぎ》がついていたが、いづみは部屋に鍵《かぎ》をかけられない。そのことが、今さらだが不安になったからだ。

千登世《ちとせ》は、竜之介の部屋と楽央の部屋とのあいだで、廊下《ろうか》にずっと座《すわ》りこんでいた。

もし、このタイミングで誰《だれ》かが「惨劇《さんげき》」を起こそうとした場合、すぐに気づいて止めに入れるようにするためだった。


そして、朝が来た。

十月十八日。最終日前日の今日が、計画書の提出期限《ていしゅつきげん》だ。

今日中に計画書を提出《ていしゅつ》するか、あるいはその前に「惨劇《さんげき》」を成立させるか。

そのどちらかができなければ、最終日の十九日にこの家で起こる惨劇《さんげき》は〝一家四人全員殺害〟に決定されてしまう。

そんなこの日の朝に、四人を待ち受けていたもの。

それは、思いもよらない光景だった。

「えっ⁉ なんすか、これ……何があったんすか？」

「わからない。今朝になって見たら、こうなってたんだよ」

楽央も千登世も、冷蔵庫《れいぞうこ》の前で立ちつくす。

いづみも竜之介も、そこに広がる惨状《さんじょう》を見て、絶句《ぜっく》する。

四人の視線《しせん》の先にあるのは、冷蔵庫《れいぞうこ》。

しかしそれは、昨日の昼に見たときとは、変わり果てたありさまだった。

冷蔵室《れいぞうしつ》の扉《とびら》、野菜室と冷凍室《れいとうしつ》の引き出しは、すべて開けられていた。

冷蔵室《れいぞうしつ》に入っていた食料は、ことごとく包装《ほうそう》を破《やぶ》られている。

パックからもれ出た牛乳《ぎゅうにゅう》やヨーグルトが、扉《とびら》の外まで垂《た》れて流れ落ち、原形をとどめない肉や、ほとんど骨《ほね》だけになった魚が、生臭《なまぐさ》いにおいを放って庫内と床《ゆか》に飛び散っていた。

まるで――何者かが、食《く》い荒《あ》らしていったかのように。

「あーあ。せっかく昨日、保冷《ほれい》したのに、台無しだな」

「そういう問題じゃないだろ、リューノ……」

昨日の昼。停電で、冷蔵庫《れいぞうこ》の中身が心配になった四人は、冷凍室《れいとうしつ》の中身をいくらか冷蔵室《れいぞうしつ》に移《うつ》していた。まだ凍《こお》っている冷凍《れいとう》食品や、トレイごと冷凍《れいとう》していた肉や魚を、冷蔵室《れいぞうしつ》に入れて保冷剤《ほれいざい》代わりにしようとしたのだ。

「冷凍庫《れいとうこ》のほうも、ぐちゃぐちゃっすね～」

冷蔵室《れいぞうしつ》に入りきらなかったものは、そのまま冷凍室《れいとうしつ》に残していた。しかし、どちらにせよ、もはや食べられる状態《じょうたい》ではない。

「ん……？　おかしいな」

いづみが、楽央の横から冷凍室《れいとうしつ》をのぞきこんで、つぶやいた。

「あの肉は……どこにいった？」

「あの肉？　──ああ。千登世さんが言ってた、でかい古い肉っすか？　そりゃ、ほかの肉と同じように、原形とどめない肉片《にくへん》になってるんじゃ？」

「いや。……あの肉は、ブロック肉じゃなく、丸ごとのチキンか何かだったんだろう？」

いづみに問われ、千登世は、それを思い出しながらうなずいた。

「うん。チキンかどうかはわからないけど、そんな形の肉だったよ」

「それなら……骨《ほね》が、残っているはずじゃないか?」
いづみのその指摘《してき》に、ほかの三人はハッとする。
たしかに。それらしい骨《ほね》は、冷蔵庫《れいぞうこ》の中にもそのまわりにも、どこにも見当たらない。
魚の骨《ほね》は、残っているのに。
それより大きな肉が、骨《ほね》ごと消えてなくなっているのは、不自然だった。
いづみは、なんだかいやな予感を覚えつつ、冷凍室《れいとうしつ》の中に手を入れる。
肉や魚の破片《はへん》、割《わ》れた発泡《はっぽう》トレイ、破《やぶ》れたラップ……。
それらの底から、ずるり、と、いづみは一枚《まい》の袋《ふくろ》を引きずり出した。
冷凍室《れいとうしつ》の底にたまった解凍汁《かいとうじる》で、べっとりとぬれた透明《とうめい》な袋《ふくろ》。
それは、破《やぶ》かれて穴《あな》の開いたパックだった。
大きさからして、千登世の言っていた「肉」の包装《ほうそう》だろう。
「何か、入っているな……」
袋《ふくろ》の中には、二つ折りにされた紙が入っていた。
ぬれてはいるが、紙は水分をはじいている。防水《ぼうすい》シートのようだ。
いづみは、それを袋《ふくろ》から取り出し、開いてみた。

文章が書かれている。

「**解凍**《かいとう》**時要注意……。商品名——**」

ほかの三人に聞こえるように、いづみはそれを読み上げる。

「**【冷凍**《れいとう》**ゾンビ】、獣**《けもの》**タイプ、Sサイズ。獰猛**《どうもう》**、食欲旺盛**《しょくよくおうせい》**……。**

生き物を積極的に襲《おそ》**って捕食**《ほしょく》**する……。**

これにかまれた生き物は、ウイルスの感染《かんせん》**によって約十分後に死亡**《しぼう》**し、その後に〈動く死体〉となってほかの生き物を襲**《おそ》**う……。**

このゾンビ、およびこれにかまれてゾンビ化した生き物は、首を切り落とさないかぎり、何度でもくり返し再生可能《さいせいかのう》**……**」

最後まで読み上げて、ごくり、といづみはのどを鳴らした。

千登世と楽央は、信じがたい思いで青ざめる。

「そんなものが、冷凍室《れいとうしつ》に……？　いっしょに入ってた冷凍室《れいとうしつ》の中のもの、今まで、ずっとふつうに食べてたのに……うっ……」

「そ、それじゃ。昨日の停電で、その【冷凍《れいとう》ゾンビ】が——解凍《かいとう》されて、動きだしちゃったわけっすか？」

「そーいや。冷蔵庫《れいぞうこ》のまわり、よく見りゃ、ベタベタ小さい動物の足跡《あしあと》があるな」

竜之介に言われて、ほかの三人も、まわりの床《ゆか》に目を凝《こ》らした。

すると、なるほどあちこちに、肉の脂《あぶら》や解凍汁《かいとうじる》の染《し》みらしきものがうっすらと、小さな足《あ》跡《と》の形となって残っているのがわかった。

足跡《あしあと》は、冷蔵庫《れいぞうこ》から離《はな》れるにつれて薄《うす》くなり、キッチンの真ん中あたりで消えていた。

そこからは、足跡《あしあと》の主がどこへどう進んだのかは、わからない。

四人は、息をつめてキッチンを見回し、耳をすませ、気配を探《さぐ》る。

そのとき。

ガサッ、と。

勝手口の横にある、生ゴミ用のゴミ箱のほうから、音がした。

四人がそっちをふり向いた、次の瞬間《しゅんかん》。

ゴミ箱の陰《かげ》から、それが飛び出した。

「——！」

四つ足で走って向かってきたそれを、千登世はとっさに蹴《け》り飛《と》ばす。

それは、ギャッ、とつぶれたような鳴き声を上げた。

食器棚《しょっきだな》にぶつかったそれは、そのまま棚《たな》の扉《とびら》のガラスに張《は》りつき、四人をにらむ。

「これが――……ゾンビ」

その姿《すがた》を目の当《ま》たり《あ》にして、千登世は、これを蹴《け》ったのかとゾッとした。

大きさは小型犬ほど。毛が抜《ぬ》け落《お》ちて全身むき出しになった皮膚《ひふ》は、血の気が失《う》せて灰色《はいいろ》がかり、ところどころ赤黒く変色してまだら模様《もよう》になっている。

なんの動物かは、よくわからない。

犬のようにも、猫《ねこ》のようにも、あるいは猿《さる》のようにも見えるゾンビだった。

シュウウウー、と、威嚇《いかく》らしき息をもらすその口からは、ぬらぬらと唾液《だえき》をまとった鋭《するど》い牙《きば》がのぞいている。

「みんな……どいてて」

千登世は、小声でそう言って。

ゾンビからできるだけ目を離《はな》さないようにしつつ、包丁スタンドに刺《さ》さっていた、厚《あつ》みのある四角い刃《は》の中華《ちゅうか》包丁を抜《ぬ》き取《と》った。

「あいつの首を、切り落とせばいいいんでしょう？　ぼくがやるよ」

「え。でも、千登世さん……」

「きみたちがいたら、邪魔《じゃま》だって言ってるの」

冷めた声で言い放ち、千登世はゾンビを見つめたまま、包丁をかまえる。

「もしここで、ぼくたちの誰《だれ》かが、ゾンビにかまれて死んじゃったら……その時点で『惨《さん》劇《げき》』が成立しちゃうかもしれない。そうなったら、こまるんだよ」

千登世の目的は、あくまでも、自身を含《ふく》めた四人の全滅《ぜんめつ》なのだ。

そのためには、最終日となる明日まで、惨劇《さんげき》を成立させてはならない。

惨劇《さんげき》を成立させる条件《じょうけん》は、「事件《じけん》」と、最低一つの「人の死体」。

そして今、住人がゾンビに襲《おそ》われるという「事件《じけん》」が発生している。

ここにあと、「人の死体」という要素《ようそ》が加われば、二つの条件《じょうけん》がそろってしまう。

ゾンビにかまれた生き物は、約十分後に死亡《しぼう》し、その後に〈動く死体〉となる――と、あの紙に書かれていたのだから、ゾンビ化した人間は「死体」と判定《はんてい》されるのだろう。

「だから、みんな。ゾンビにかまれないうちに、早く避難《ひなん》して」

そう千登世にうながされ。

楽央といづみと竜之介は、ほんの少しだけためらったあと、ゾンビと向き合っている千登世の背後《はいご》をそっと通って、キッチンを抜《ぬ》け出《だ》した。

三人はそのまま、リビングの出口まで移動《いどう》する。

しかし、ドアを閉《し》めて廊下《ろうか》に出ようとはせず、そこから千登世のようすをうかがう。

千登世は、四人の中で飛《と》び抜《ぬ》けて身体能力《のうりょく》が高い。

すばやく獰猛《どうもう》なゾンビの相手をまかせるなら、まちがいなく彼《かれ》が適任《てきにん》だ。

とはいえ、さすがに千登世も苦戦しているようだった。

空中でふるう包丁は、当たっても首を切り落とすまではいかず、刃《は》が骨《ほね》に当たればその勢《いきお》いで、小さく軽いゾンビを吹《ふ》っ飛《と》ばしてしまう。

肉を断《た》たれただけでは、ゾンビは動きを鈍《にぶ》らせさえしない。

ひるむこともなく、体勢《たいせい》を整えてはまた牙《きば》をむき、千登世に襲《おそ》いかかる。

千登世はその動体視力《しりょく》で、ゾンビの動きを的確《てきかく》にとらえてはいるが――。

牙《きば》をかわし、ゾンビをなぎ払《はら》うことはできても、なかなか致命傷《ちめいしょう》を与《あた》えられずにいた。

チャンスは、ゾンビにダメージを与《あた》えたあとの一拍《ぱく》。

肉を断《た》たれて吹《ふ》っ飛《と》ばされたゾンビが、家具や壁《かべ》に張《は》りついて、次の攻撃《こうげき》へ向けて体勢《たいせい》を整えるまでのわずかな時間だ。

けれども、その状態《じょうたい》になったときには、たいてい位置が悪い。

ゾンビが張《は》りつくのは、ごちゃごちゃと物が多かったり、手の届《とど》かない高いところだったり、ゾンビとのあいだに障害物《しょうがいぶつ》があったりする場所なのだ。

戦いが長引くにつれ、千登世のほうは、だんだんと息が上がってきていた。

リビングの出口にいる三人にも、そのようすは見て取れた。

一方で、ゾンビの体力は無尽蔵《むじんぞう》なのか、まったく動きがおとろえる気配はない。

「これ……わりと、まずいかもっすね」

声をひそめて、楽央は言う。

「惨劇《さんげき》が成立しても、この家から出られるのはその翌日《よくじつ》――って、スタッフさん、言ってたじゃないっすか。ってことは。もし、千登世さんがあれにかまれちゃったら。あたしら、ゾンビになった千登世さんと、明日までこの家に閉《と》じこめられることに……」

楽央のその言葉に、いづみはなんと返そうか迷《まよ》った。

千登世がゾンビにかまれた場合でも、対処法《たいしょほう》はありそうだからだ。

竜之介もまた、無言だった。

楽央たちから目をそらすようにうつむいて、竜之介は、ポケットに片手《かたて》をすべりこませ、指先で中にあるものをたしかめた。

「あたし――……ちょっと、行ってくるっす」

二人に告げて、楽央は、そろそろとリビングのドアから離《はな》れる。

なるべくゾンビの視界《しかい》に入らないよう、身を低くして忍《しの》び足《あし》で進み、途中《とちゅう》でソファの上にあったクッションを一つ、盾《たて》代わりに持ってキッチンへと向かう。

楽央に気づいた千登世は、あせって声を上げた。

「何やってるの！　そこにいたら、危《あぶ》ない――」

しかし、楽央はかまうことなくニッと笑い、すばやく「盾《たて》」を持《も》ち替《か》えた。

クッションを捨《す》てて、流しの横に立てていた、大きな分厚《ぶあつ》いまな板を手に取ったのだ。

「ほ～ら、ゾンビちゃん！　こっちこっち～！」

大声で呼《よ》ぶと、ゾンビの意識《いしき》が楽央に向いた。

間髪《かんはつ》を入れず、ゾンビが楽央に飛びかかる。

楽央は身をかがめ、両手で持ったまな板を顔の前に突《つ》き出《だ》し、それを防《ふせ》いだ。

ゾンビがべちり、とまな板に張《は》りつき、動きを止める。

その一瞬《いっしゅん》をついて――。

千登世は間合いに踏《ふ》みこみ、中華《ちゅうか》包丁をふり下ろした。

ななめ三十度に傾《かたむ》けられたまな板は、壁《かべ》よりも床《ゆか》よりもちょうどよい角度で、厚《あつ》みのある刃《は》とそこにこめられた力を、あますことなく受け止めた。

ダン！


小気味よい音とともに、包丁の刃《は》は、ゾンビの首の骨《ほね》を断《た》ち切《き》った。

「や……った」

息を切らしながら、千登世は思わず笑《え》みを浮《う》かべた。

その、直後。

ゾンビの目が、ぎょろりと千登世に向けられた。

千登世は息をのみ、そこで気づく。

ゾンビの首は、たしかに骨《ほね》ごと断《た》ち切《き》れた。

だが、端《はし》のほうにわずかに残った肉と皮で、その首は、まだかろうじて胴体《どうたい》とつながっていたのだ。

ギギィッ、と一鳴きして、ゾンビは千登世に飛びかかった。

払《はら》いのける暇《ひま》はなかった。
ゾンビは、ちぎれかかった頭をぶらつかせ、くわっと口を大きく開いて。
その牙《きば》を、千登世の肩《かた》に突《つ》き立《た》てた。
「……千登世さんっ！」
千登世は包丁を、楽央はまな板を、思わずそれぞれ手放して、床《ゆか》に落とした。
ゾンビの目が、ぎょろりと楽央へ向けられる。
楽央のほうへ、ゾンビが跳《と》んだ。
「――くっ」
千登世は、とっさにその後ろ足を一本、ギリギリでつかんだ。
そのまま思いきり、ゾンビを床《ゆか》にたたきつける。
だが、それで精《せい》いっぱいだった。
とどめを刺《さ》す前に、ゾンビは千登世の前から逃《に》げ出《だ》した。
壁《かべ》を伝い、天井《てんじょう》をはって、ゾンビはリビングの出口へと向かう。
いづみと竜之介は、あわててドアから飛びのいた。
ゾンビは、廊下《ろうか》に出ていった。

「……千登世！」

いづみはリビングのドアを閉《し》め、千登世に駆《か》け寄《よ》る。

キッチンは、そこら中にゾンビの体液《たいえき》が飛び散って、ひどいありさまだ。

そんな中で、千登世は床《ゆか》に座《すわ》りこみ、左肩《ひだりかた》を押《お》さえていた。

その手も、顔も服も、ゾンビの返り血で汚《よご》れていた。

無数のどす黒い染《し》みの中、服の左肩《ひだりかた》だけ赤く染《そ》まっているのが、指の隙間《すきま》からのぞいて見えていた。

それを見たいづみは、声もなく、目を見開いて瞳《ひとみ》を揺《ゆ》らした。

ゆっくりと、いづみは千登世の顔をのぞきこむ。

千登世はいづみと目を合わせ、痛《いた》みに呼吸《こきゅう》を浅くしながら、小さく笑った。

「……失敗。かまれちゃった」

千登世は、左肩《ひだりかた》を押《お》さえていた手を放し、床《ゆか》に落とした包丁をその手で拾った。

刃《は》を持って、柄《え》のほうをいづみに向けて、それを差し出す。

「千登世……。何を……」

「……だって……こうなったら、もう……しょうがないから……」

「だから、何が――」

「やだなあ。イヅ……そんな、察しの悪いほうじゃないでしょ？」

千登世は、力なくほほ笑《え》んだ。

「十分、以内だ……。ぼくが、ゾンビになっちゃう前に……首を、切り落とせば……きみたちは、助かるんじゃない？」

いづみは、マスクの下で歯がみした。

わかっている。それが、いちばん「合理的」な選択《せんたく》だと。

それを実行すれば、千登世のゾンビ化を防《ふせ》げるかもしれない。

さらにその上で、一つの死体ができあがる。

そうなれば……あとは日付が変わるまで、ゾンビをこの部屋に入れないようにして、やりすごせばいいだけだ。

犠牲《ぎせい》は最小限《さいしょうげん》に、惨劇《さんげき》の条件《じょうけん》を満たして、この家を脱出《だっしゅつ》できる。

その結果は、まさにいづみの望んだものだった。

――それなのに。

どうしても、いづみは、包丁を受け取ることができなかった。

「……まだ……時間はある」

「……のんきだなあ。……あと、七分？　……五分？　迷《まよ》ってる場合じゃ、ないと思うけど」

千登世の言うとおりだということは、いづみたちの目にも明らかだった。かまれた肩《かた》の傷《きず》から、あのゾンビと同じ皮膚《ひふ》の変色が、徐々《じょじょ》に千登世の肌《はだ》に広がってきていた。すでにその首筋《くびすじ》は、血の気を失って灰色《はいいろ》がかり、赤黒いまだらが浮《う》かんでいる。

「……それでも……考えさせてくれ。……ギリギリまで……最後の最後まで」

「……イヅらしく、ないね。……こんな状況《じょうきょう》で……非合理的《ひごうりてき》な、判断《はんだん》……命取り、だよ」

千登世のその言葉に、いづみは首を横にふる。

「らしくない、とは……心外だ。合理的な判断《はんだん》のできる人間が……そもそも、夜な夜な家を抜《ぬ》け出《だ》そうとなど、するものか。……もともと、じゅうぶんに、わたしは非合理的《ひごうりてき》な人間なんだ。――だから、あなたたちと、こうしていっしょにいるんじゃないか！」

声がかれるのもかまわず、いづみはさけんで、まっすぐ千登世をにらみつけた。

千登世は目を見開く。

その手から、包丁がすべり落ちる。

床《ゆか》にぶつかった包丁の音に、楽央のため息が重なった。

いづみがふり向くと、楽央は何も言わず、八重歯《やえば》をのぞかせ笑《え》みを返した。

「……千登世……」

消え入りそうな声で呼《よ》んだのは、竜之介だった。

それまで一人離《はな》れたところにいた竜之介は、おぼつかない足取りでキッチンに入ってくると、千登世の前にしゃがみこんだ。

「……これ……」

竜之介は、ポケットの中から取り出したものを、千登世に差し出す。

一粒《つぶ》の錠剤《じょうざい》と、一つの鍵《かぎ》。

「この、錠剤《じょうざい》な……いつの間にか、部屋にあったんだ。小包で、説明書がいっしょに入っててて。それ、読んだら……**ゾンビウイルスの、経口《けいこう》ワクチン**、って書いてあって――だから」

千登世は、おどろいて竜之介を見つめたあと、ふっと目を細めた。

「それ、リューノが、自分で飲まなくていいの？　……そのつもり、だったんじゃないの？」

千登世の問いに、竜之介は答えず、歯を食いしばる。

たしかに、そのつもりだった。

これを飲むことで、うまくすれば、自分一人だけ助かるんじゃないか――と考えていた。

でも、今は。

「飲めよ」

竜之介は、錠剤《じょうざい》といっしょに、千登世の手に鍵《かぎ》をにぎらせた。

それは、千登世が地下室の鍵《かぎ》をすり替《か》えて落とした、千登世の家の鍵《かぎ》だった。

「この鍵《かぎ》持って――おまえは、自分の家に帰るんだよ！」

竜之介は涙目《なみだめ》で、引きつる声を千登世にぶつけた。

千登世は、小さく息をついて、

「あとで、文句《もんく》言わないでよ……」

そう言ったあと、シートのアルミを破《やぶ》って錠剤《じょうざい》を取り出し、口に入れて、のみこんだ。

少しすると、千登世の皮膚《ひふ》の変色は、それ以上広がることがなくなった。

そこからだんだんと、変色していた皮膚《ひふ》も、もとの肌《はだ》の色にもどっていった。

どうやら、もうゾンビ化の心配はないようだ。

しかし、そうしているあいだにも。

リビングの外から、ガリッ、ガリッ、とドアをかじるような音や、バン、バン、とドアガラスをたたく音が、しきりに響《ひび》き続《つづ》けていた。

「ゾンビちゃん、どーしても、この部屋に入りたいみたいっすねえ」

「食欲旺盛《しょくよくおうせい》、だそうだからな。……〝エサ〟のある場所に、引《ひ》き寄《よ》せられているんだろう」

気が気でない思いで、楽央といづみが言《い》い交《か》わした、そのときだった。

ゾンビの何十回目かの体当たりで、ついに、ドアガラスにヒビの入る音がした。

いづみは、床《ゆか》に落ちた包丁をとっさに拾って立ち上がり、リビングのドアへと走った。

ドアの前にいづみがたどり着いた、その直後。

ガシャン！　とガラスが割《わ》れて飛び散った。

大きく開いた穴《あな》から、ゾンビがリビングに入ってこようとする。

その首は、すでに骨《ほね》がくっついていて、肉を断《た》たれた傷《きず》もふさがりかけていた。

ゾンビの頭めがけて、いづみは包丁をふり下ろす。

包丁の刃《は》の角が、ゾンビの頭にずぶりと刺《さ》さる。

ゾンビはギャッと一声うめいて、穴《あな》の向こうへ体を引《ひ》っ込《こ》め、また廊下《ろうか》に逃《に》げていった。

「いづみさんっ。だいじょうぶっすか？」

「かまれては、ねえよな⁉　ガラスでどっか、切ったりしてねえか？」

「ああ。……平気だ」

一拍《ぱく》おくれて駆《か》けつけた二人に、いづみはうなずき、ガラスの破片《はへん》を防《ふせ》いだスカートを払《はら》う。

「だが……明日までここで籠城《ろうじょう》するのも、思ったより危険《きけん》そうだな」

「そっすね。それに――」

楽央は、言葉をにごしてうつむいた。

「これからのこと、考えると……やっぱ、この部屋から出られないのは、まずいっていうか」

いづみは即座《そくざ》に、竜之介は少し考えて、楽央の言わんとすることを理解《りかい》した。

この部屋から出られなければ――惨劇《さんげき》の計画書を、取りにいくこともできない。

「わたしは……ゾンビを、倒《たお》しにいこうと思う」

「じゃあ、あたしもいっしょに」

「それは……でも。だいじょうぶか？　その手……」

楽央の手に目を落として、いづみはたずねる。

言われてはじめて、楽央は自分がさっきから、手首をさすっていることに気がついた。

千登世の一撃《いちげき》をまな板で受け止めた、あのときに痛《いた》めてしまったようだった。

「あなたは……ここに残って、千登世の手当てを」

楽央にそう頼《たの》み、いづみは、返り血のついた包丁で汚《よご》れた手を洗《あら》った。

それから、調理用具入れの引き出しを開けて、キッチンバサミを取り出した。

「わたしの力では、包丁だと心もとないからな……こっちのほうが」

この家のキッチンバサミは何度か料理に使ったが、頑丈《がんじょう》で力が入れやすく、とても切れ味のいいハサミだった。小動物の骨《ほね》くらいなら、これでなんとかなるだろう。

竜之介もまた、キッチンに来て、食器棚《しょっきだな》から何枚《なんまい》も重なった皿を取り出した。

「オレも、いっしょに行くぜ」

「ああ。……そうしてくれると、ありがたい」

いづみと竜之介は、それぞれの武器《ぶき》を手に、注意深く廊下《ろうか》に出た。

廊下《ろうか》には、ゾンビの血が点々と落ちていた。

より新しい血の跡《あと》をたどって、二人は廊下《ろうか》を進んでいく。

血の跡《あと》は、やがて途切《とぎ》れた。

代わりにそこでは、壁《かべ》に汚《よご》れが付いていた。

その汚《よご》れは、壁《かべ》の上のほうまで続いている。

ぽたり、と。

天井《てんじょう》から、どす黒いしずくが垂《た》れ落ちた。

「――上かよっ！」

竜之介は、天井《てんじょう》に張《は》りつくゾンビを視界《しかい》にとらえ、すかさず皿を投げつけた。

皿は命中し、ゾンビが天井《てんじょう》から落下する。

が、ゾンビはすぐに起き上がり、廊下《ろうか》の奥《おく》へと逃《に》げ出《だ》した。

ためらいなく人間を襲《おそ》ってこないのは、さっき首を落とされそうになったことで、向こうも警戒《けいかい》しているからかもしれない。

竜之介といづみは、ゾンビを見失わないよう追いかける。

ゾンビのほうは逃《に》げながら、隙《すき》を見て二人に襲《おそ》いかかろうとするが、そのたびに竜之介が皿を投げつけ、ゾンビが近づくのを防《ふせ》ぐ。

皿は何度もゾンビに命中した。

けれど、それくらいでは致命傷《ちめいしょう》を与《あた》えることはおろか、動きを止めることもできない。

廊下《ろうか》には割《わ》れた皿の破片《はへん》が散乱《さんらん》し、そうこうするうち、手持ちの皿はつきてしまった。

最後の皿が投げられたあと、ゾンビは浴室に入っていった。

「いいぞ、竜之介。……行き止まりに追いこめた」

いづみと竜之介は、この機を逃《のが》すまいと浴室に踏《ふ》みこむ。

ゾンビは、窓《まど》ガラスに張《は》りついていた。

窓《まど》とのあいだに浴槽《よくそう》があるせいで、ゾンビにハサミは届《とど》かない。

――と、判断《はんだん》するやいなや、いづみはハサミを左手に持《も》ち替《か》え、シャンプーのボトルを右手につかんだ。

それは、重いガラス製《せい》のボトルだった。

いづみはボトルをゾンビに投げつけようと、ふりかぶる。

「おいっ、窓《まど》が割《わ》れたら、ゾンビが外に」

「割《わ》れない！」

言い返すと同時に、いづみは力いっぱいボトルを投げた。

いづみは、投てきが得意ではなかった。

ガラスのボトルはゾンビをかすめて、それより少し上の位置で窓《まど》に当たった。

音を立てて、ボトルが割《わ》れる。

——けれど、窓《まど》ガラスには、ヒビ一つ入らなかった。

そう。脱出不可能《だっしゅつふかのう》なこの家の窓《まど》は、けっして割《わ》ることができないのだ。

ボトルはねらいをはずれた。

が、中にいくらか残っていたシャンプー液《えき》が、真下にいたゾンビの体にかかった。

ずるずるっ、と、ゾンビが窓《まど》ガラスをずり落ちる。

風呂《ふろ》のフタは、はずしてあった。

湯船には冷めた湯が、まだ張《は》られたままだった。

浴槽《よくそう》のふちまでずり落ちたゾンビは、そのまま足をすべらせて、ぼちゃんと湯船にはまった。

水面に顔を出し、ばちゃばちゃともがくゾンビに、いづみはハサミを近づけようとする。

しかし、うかつに手を出そうものなら、かまれてしまいそうだ。

ためらっているうちに、ゾンビは残り湯でシャンプー液《えき》を洗《あら》い流《なが》し、浴槽《よくそう》をはい上ろうとし始めた。

「くっそ！」

竜之介は、壁《かべ》に立てかけてあった風呂《ふろ》のフタを、あわてて手に取り浴槽《よくそう》にかぶせた。

そうして、二枚割《まいわり》のフタを左右の手で一枚《まい》ずつ、上から押《お》さえる。

閉《と》じこめられたゾンビが、フタの裏《うら》に頭をぶつける。

何度も、何度も、何度も、何度も。

厚《あつ》みのあるフタは、そのくらいでこわれそうにはなかったが……。

やがてゾンビは、フタの裏《うら》に張《は》りついて、ガリッ、ガリッ、とフタをかじり始めた。

「……竜之介」

いづみは、キッチンバサミをフタの上に置いた。

青い顔でふり向いた竜之介に、いづみは目配せしながら、自分も片手《かたて》ずつ使って風呂《ふろ》のフタを押《お》さえた。

竜之介は、とまどいつつもうなずいて、フタから手を離《はな》し、代わりにハサミを手に取った。

いづみは、二枚《まい》のフタをゆっくりと、ほんの少し左右にずらす。

フタの裏《うら》で、ゾンビが移動《いどう》する気配があった。

ほどなくして、二枚《まい》のフタの隙間《すきま》から、ゾンビがぬっと頭を出した。

その瞬間《しゅんかん》。

いづみは左右のフタを、両開きの戸を閉《し》めるようにスライドさせた。

ゾンビはギエッとうめいて、二枚《まい》のフタに首をはさまれ、宙《ちゅう》づりになる。

「竜之介！」

「おうっ！」

フタの下でじたばた足をもがかせるゾンビに、竜之介はハサミを近づけた。

身動き取れないゾンビの首に、開いた刃《は》をあてがって。

竜之介は、ひと思いにその刃《は》を閉《と》じた。


——バチン！


骨《ほね》を断《た》った音とともに、ゾンビの首が、ころりとフタの上に転がった。

ぱしゃん、と、水音がフタの下で反響《はんきょう》した。

いづみと竜之介は、フタの隙間《すきま》から湯船をのぞきこむ。

ゾンビの首から下が、流れ出る血で残り湯をどす黒い色に染《そ》めながら、その色の底に沈《しず》んでいくのが見えた。

「……やったな！　いづ——」

と、ハサミを置いた竜之介は、いづみの肩《かた》に両手を置いて、思わずはしゃいだ声を上げた。

しかし、その名を呼《よ》び終《お》える前にハッとして、すぐにいづみから手を離《はな》し、うつむいた。

＋

「ゾンビの首、落としてきたぜ」

「わたしも竜之介も、かまれてはいない。……ケガもない」

リビングにもどってきた二人は、手短にそう報告《ほうこく》した。

ちょうど千登世の手当てを終えた楽央は、二人をふり返って、ホッと笑った。

「よかった……お二人とも……」

しかし、すぐにハッとして、口《くち》の端《はし》を小さくゆがめた。

「よかった――ってことは、ないっすね。あーあ、なんでこーなっちゃうかなあ。ここで全員助かったって、どーせ……」

楽央は、ゆがんだ笑《え》みを浮《う》かべたまま、にらむようにいづみを見る。

「いづみさ～ん。アンタ、なに二人で無事にもどってきちゃってんすか。せっかく武器《ぶき》持ってったんだし、隙《すき》を見て、ゾンビといっしょに、竜之介さんも倒《たお》しちゃえばよかったのに～」

「……そういうあなたは、どうなんだ。……あなただって、手負いの千登世に何もせず、ちゃんと手当てをしたんだろう」

楽央は、ぴくっと片目《かため》を引きつらせた。

「は、そりゃあ～。千登世さんのケガも、意外とたいしたことなかったんで。この程度《ていど》のケガじゃ、千登世さんならまだまだ動けるでしょ。こっちが返《かえ》り討《う》ちにあうだけっすよ～」

「楽央……。あなたは、さっきも……わたしが、千登世の首を切ろうとしなかったことに、何も言わなかったじゃないか」

「あ～。あのときは～。ゾンビって共通の敵《てき》が現《あらわ》れたことで、なんか、みんなで力を合わせて〜、みたいなノリになっちゃいましたからねえ。でも、そんなの意味ないんですから。も、そういうのやめましょ、やめやめ。今朝までの、ゾンビが出てくる前の気持ちを……みなさん、思い出しましょうよ！」

言い進めるにつれて、楽央の声には、だんだんと震《ふる》えが混《ま》じってきていた。

「ねえ、思い出しましょうよ。あたしたちがそれぞれ、何をいちばん望んでたのか——」

「楽央」

いづみは、楽央に駆《か》け寄《よ》り、そして。

両手を伸《の》ばして、楽央を強く抱《だ》きしめた。

楽央は、息をのんで目を見開く。

「……いづみ……さん……」

「…………」

いづみは、楽央の背中《せなか》に回した腕《うで》をほどき、体を離《はな》した。

その一連の動作は、ことごとく不慣《ふな》れを感じさせる、ぎこちないものだった。

「……すまん。……やっぱり……わたしは、こういうの……柄《がら》じゃ、ないかも……」

うつむいて、いづみは顔を真っ赤に染《そ》める。

楽央も、千登世も竜之介も、そんないづみをぽかんと見つめた。

「……その、だから、なんというか。……意地を張《は》るのは、もう、やめないか、と。……そういうことをだな……伝えたくて……つい」

「……いづみさん！」

楽央は、いづみに抱《だ》きついた。

そのまま、ぎゅううう、と。

おたがい息が苦しくなるくらい、思いっきりハグをした。

「あ……あたしだって、そりゃあっ……。いやですよ……。もし、自分が助かっても。代わりに、この中の誰《だれ》かがいなくなっちゃったら、そんなのっ……。だ、だって。ほんとの、いちばんの望みは。いちばん、心から楽しいって思えるのは。それはっ……これからも、みんなでいっしょにいることですもん！」

楽央は、いづみの肩《かた》に顔をうずめる。

襟元《えりもと》に、涙《なみだ》の染《し》みが広がっていく。

「本当はっ……もっと、みんなと……。帯多田《おびただ》の、まだ行ったことないとこに行ったり……帯多田の外に旅行したり……お弁当《べんとう》持《も》ち寄《よ》って、夜の展望台《てんぼうだい》に登ったり……ロウソク百本買ってきて、本格的《ほんかくてき》な百物語したり……あと、ほんとにシェアハウスして暮《く》らすとか!? ……う～。とにかく、もっともっと、みんなでいっしょにやりたいこと、あるんすよ～……！」

楽央はもう、我慢《がまん》するのをやめて、泣きじゃくっていた。

いづみはうなずきながら、そっと楽央の背中《せなか》をなでた。

ソファに座《すわ》って休んでいた千登世が、立ち上がる。

千登世は、リビングの端《はし》でうつむいている竜之介に近づき、その手を取った。

「おいで、リューノも」

「え、あ」

手を引いて、千登世は竜之介を、いづみと楽央のところに連れていく。

千登世は、竜之介の肩《かた》を抱《だ》いて背中《せなか》を押《お》し、四人で円陣《えんじん》を組めるくらいの距離《きょり》に立たせた。

竜之介は顔をしかめたが、ケガをしている千登世の手をふり払《はら》うのは気が引けて、おとなしくそこで立ち止まった。

千登世は、もう片方《かたほう》の手で楽央の肩《かた》を抱《だ》き。

楽央は、いづみと手をつなぎ。

いづみは、竜之介と肩《かた》をふれ合わせ。

そんなふうに、四人は身を寄《よ》せ合《あ》った。

「……んだよ。……何がしてえんだよ、おまえら……」

竜之介は、深くうつむき、大きく息を引きつらせる。

「楽央の、言ったとおりだろ。意味、ねえだろ。今さらこんな……。こわれるってわかってるもん、なんで、必死に直すようなことするんだよ。どうせ、こわれて終わるなら。そんなん、こわれたままにしときゃ、いいじゃねえか……！」

「それでも、リューノ、ぼくは」

竜之介の肩《かた》を抱《だ》く手に、千登世は力をこめる。

「ラオンと同じだ。ぼくだって、みんなともっといっしょにいたい。その望みを、ゆがめられたくないよ。――たとえ、叶《かな》わない望みでも」

目を閉《と》じて、千登世はほほ笑《え》んだ。

竜之介は、歯を食いしばる。

その目から、涙《なみだ》がこぼれた。

つま先に落ちるしずくを感じながら、竜之介は、塩辛《しおから》い唇《くちびる》を引き結んだ。

そのあと、四人は汚《よご》れた体をふいたり（ゾンビの死体がある風呂《ふろ》は、さすがに誰《だれ》も使いたくなかった）、服を着替《きが》えたり、朝から何も食べていなかったので、軽く食事をとったりした。

＋

そうこうしているうちに、あっという間に時間は過《す》ぎて。
気がつけば、窓《まど》の外も家の中も、すっかり暗くなっていた。
それを見て、千登世がぽつりと言った。
「いけない。……早く、地下室に行って、取ってこなくちゃ」
あとの三人も、ハッとした。
それからすぐに、四人はそろって地下室に向かった。
千登世が鍵《かぎ》を出して、懐中《かいちゅう》電灯で手元を照らし、扉《とびら》を開ける。
そうして、四人で地下室の中に入った。
そのときだった。

ふいに物陰《ものかげ》から、人影《ひとかげ》が一つ、飛び出した。

「……！」

その影《かげ》は、四人が顔をたしかめる暇《ひま》もなく、開け放された地下室の扉《とびら》から出ていった。

四人はおどろいて、とっさに追いかけることもできなかった。

しばらくのあいだ、扉《とびら》を見つめて立ちつくしたあと。

「……五人目――ほんとに、いたんだな」

竜之介は、大きくまばたきをして、つぶやいた。


地下室から、四人は計画書を取ってきた。

そのあと一応《いちおう》、家の中をひと通り捜《さが》してはみたものの。

さっき地下室を出ていった〝五人目〟を、見つけ出すことはできなかった。

〝五人目〟を死体にすれば、自分たち四人は、誰《だれ》も死なずにすむかもしれない――。

そんなことを、考えたこともあったけれど。

五人目が姿《すがた》を消したことに、今の四人は、内心ホッとしていた。

彼《かれ》――ライトの光の中に、一瞬《いっしゅん》ちらりと見えた五人目の背格好《せかっこう》は、少年のように思えた

――が、どこの誰《だれ》で、どんな人物であろうとも。勝手に巻《ま》きこんで命を奪《うば》うことなんて、やっぱりできない。

この問題は、自分たち四人の中で決着をつける。

四人とも、今はそう決意していた。

リビングにもどってきた四人は、非常用《ひじょうよう》ロウソクに火をともした。

それから、ソファに座《すわ》って、テーブルの上に計画書を置いた。

惨劇《さんげき》の計画書。

日付が変わるまでに、これに必要事項《じこう》を記入して提出《ていしゅつ》できなければ、惨劇《さんげき》のシナリオは自動的かつ強制的《きょうせいてき》に、「侵入者《しんにゅうしゃ》による一家四人全員殺害」となってしまう。

ただし、計画書の提出《ていしゅつ》がなくても、明日までに「事件《じけん》」と「死体」をそろえて惨劇《さんげき》を成立させてしまえば、生き残った者はこの家から出ていける。

さらに、その説明をしたサポートスタッフは、こうも言っていた。

『計画書に記入された惨劇《さんげき》の内容《ないよう》は、かならず現実《げんじつ》のものとなります』……と。

それらのルールを思い出して、考えて、話し合って。

四人は、計画書を提出《ていしゅつ》することに決めた。

それをせずに、自分たちで惨劇《さんげき》を起こすことは、できそうにない。

誰《だれ》もがそう思ったからだった。

「え〜と、それじゃ。事件《じけん》の概要《がいよう》、死因《しいん》、事件現場《じけんげんば》は、あとで考えるとして〜」

「ああ。……とりあえず、『死体の数』と『死亡者《しぼうしゃ》』を、決めてしまわないとな」

計画書の記入項目《こうもく》を指さしながら、楽央といづみは言《い》い交《か》わす。

まるで、旅行の行き先でも相談するかのように。

「言っておくけど。ぼくはやっぱり、誰《だれ》か一人を選んで犠牲《ぎせい》にするのは、反対だよ。だから
もし、犠牲《ぎせい》は最小限《さいしょうげん》にするべきだ、って意見があるなら——」

「そりゃ、話し合いじゃ、決着つかねえなあ」

千登世も竜之介も、そう言いながら笑《え》みを浮《う》かべる。

まるで、夕飯のメニューでも決めるかのように。

あくまでなごやかに、【幽霊屋敷《ゆうれいやしき》予定地】で過《す》ごす時間は、終わりへと向かっていた。

竜之介は、ソファから立ち上がり、チェストの引き出しを開ける。

そこにしまっていた、トランプのカード一式を取り出す。

家事の当番や、テレビのチャンネルを決めるとき、いつも使っていたカード。

物事を公平に決めたいときは、これを使う。

ここで暮《く》らす日々の中、自分たちで作り上げた、ささやかなルールだ。

「まずは、死体の数だな」

竜之介は、テーブルに五十二枚《まい》のカードを伏《ふ》せたまま出し、ごしゃごしゃとかき混《ま》ぜた。

「一、二、三、四、のどれかが出たら、その数にするってことでいいか？」

「そっすね。んじゃ、竜之介さんから、引きますか〜？」

「一から四、以外の数字が出たら……次の人が引き直し、だな」

楽央といづみに言われて、竜之介はうなずき、一枚《まい》カードを引いた。

カードの数字は、**九**。

次の人に順番を回して、引き直しだ。

楽央がカードを引く。数字は、Q《クイーン》——**十二**。

いづみがカードを引く。数字は、**五**。

最後に、千登世がカードを引いた。

その数字は、A《エース》——**一**、だった。

「一人……かあ」

自分の引いたカードを見つめて、千登世は、小さくため息をついた。

四人は、楽央のスマホに保存《ほぞん》されていた、虫食いだらけの新聞記事の画像《がぞう》を思い出す。

『身元不明の一人の遺体《いたい》が発見』

あの記事の、かろうじて読み取れた部分には、そう書かれていた。

この家で、これから起こる惨劇《さんげき》の犠牲者《ぎせいしゃ》は、一人だけ。

最初から、それが運命だったんだろうか？

四人は、引いたカードをほかのカードの中にもどした。

そうして、テーブルの上のすべてのカードを、さっきよりも念入りにかき混《ま》ぜた。

次はいよいよ、「死亡者《しぼうしゃ》」の欄《らん》に誰《だれ》の名前を書きこむか、決める番だ。

「んー、そんじゃあ……次は、トランプのマークで決めるか。ジョーカーは抜《ぬ》いてあるから、こん中から一枚《まい》引いたら、四つのマークのうちのどれかだ。自分の選んだマークを引かれたやつが、この欄《らん》に名前、書くってことで」

いいか？　とたずねた竜之介に、あとの三人はうなずいた。

四人は、思い思いにマークを選ぶ。

「あたしはハートで～！」

「……スペード」

「ぼくは、クラブで」

「んじゃ、オレは、ダイヤだな」

今度は、引くカードは一枚《まい》だけ。

さっきいちばん大きな数字を引いた楽央が、代表して引くことになった。

楽央は、混《ま》ぜ広《ひろ》げた五十二枚《まい》のカードの上で、しばらく手をさまよわせたあと。

一つ大きく息をして、

「このカードで——みなさん、いいっすか？」

と、一枚《まい》のカードに指先を重ねた。

「うん。いいんじゃない？」

「……めくってくれ」

「どのマークが出ても、恨《うら》みっこなしな」

楽央は、いづみは、千登世は、竜之介は、カードの上で視線《しせん》を交《か》わした。

四人で過《す》ごす最後の時を、かみしめるように。

そして、楽央はゆっくりと、選んだカードを持ち上げた。

＋

真夜中になって。
すべてを終えた彼《かれ》らの前に、サポートスタッフが現《あらわ》れ、こう告げた。
「お疲《つか》れさまでした。
いわくのために必要となる『事件《じけん》』と『死体』。
その二つがそろいましたので、これにて『惨劇《さんげき》』は成立いたしました。
生き残った住人のみなさまには、【幽霊屋敷《ゆうれいやしき》予定地】を退去《たいきょ》していただきます。
それでは、どうぞ、お出口へ――」

第５章
墓《はか》参《まい》り

日が暮《く》れたあとの街を、いづみは一人、待ち合わせ場所に向かっていた。
見慣《みな》れた帯多田《おびただ》の景色をながめながら、あの日のことを思い出す。
【幽霊屋敷《ゆうれいやしき》予定地】を、生き残った仲間とともにあとにした、あの日——。
いづみたちは、家の中に一つの遺体《いたい》を残して、外に出た。
十年前のあの家に、一月《ひとつき》の間、閉《と》じこめられていたけれど。
外に出てきたいづみたちは、もとの時代に帰ってきていた。
そこは、あの夜の台風が過《す》ぎ去《さ》ったあとの、夜明け前の時間だった。
町中《まちじゅう》にあった奇妙《きみょう》なバリケードは、なくなっていた。
「あれから、もう一か月……か」
今日は十月十九日。
その日付は、あの家に残してきた遺体《いたい》が、発見された日だった。
『今羽市《いまわし》の民家で身元不明の遺体《いたい》見つかる』
そんな見出しがついた、十年前の新聞記事。
そこに書かれた遺体《いたい》に、いづみたちは今夜、花を供《そな》えにいく。

墓《はか》の場所は、わかっていた。

墓参《はかまい》りにいっしょに行くのは、夜遊び同盟《どうめい》の残ったメンバー全員だ。

つまり――。

「い～づみさんっ」

うしろから肩《かた》をたたかれ、いづみは立ち止まる。

ふり向くと、街灯の明かりに照らされて、息を切らして笑う楽央《らお》の顔があった。

どうやら、いづみの姿《すがた》を見つけて、走ってきたようだった。

「は～っ。や～っと、追いついた～」

楽央の住むアパートは、いづみの家の裏《うら》にある。

だから今夜も、先に二人で合流してから、待ち合わせ場所へ向かう予定だったのだが。

「急な用事って……なんだったんだ？　楽央」

「いや～。今日、スーパーの安売りがあったんすよ～。と－さんに、上白糖《じょうはくとう》とケチャップ買っておくようにって言われたの、すっかり忘《わす》れてて～」

そんなことを話しながら、二人は連れ立って、待ち合わせの場所の墓地《ぼち》へと向かう。

いくつかの住宅地《じゅうたくち》を通りすぎ、田畑に囲まれた道に出て、しばらく歩くと、山を切り開いた墓地《ぼち》が見えてきた。

墓地《ぼち》の入り口までたどり着くと、そこには、すでに人の姿《すがた》があった。

「こんばんは～、千登世《ちとせ》さん！」

「待たせたな……千登世」

「ううん。ちょっと、早く来すぎちゃった」

一番乗りしていた千登世は、二人に向かって片手《かたて》を上げて、ほほ笑《え》んだ。

「ごめんねー。昨日は、予定が合わなくて。めずらしく、親が夕方からうちにいて、出られなくてさ」

本当は、墓参《はかまい》りには、昨日行く予定だった。

あの家で遺体《いたい》が見つかったのは、十月十九日。

だが、遺体《いたい》の「命日」は昨日の、十月十八日だったからだ。

「この時間だと、さすがに、ほかに人はいないねえ」

三人は、暗い墓地《ぼち》の山を見上げる。

墓地《ぼち》の中に明かりが設置《せっち》されていないのは、やっぱり、夜に墓参《はかまい》りに来る人がいないからだろうか。

「しっかし、けっこう広い墓地《ぼち》っすね～。目的のお墓《はか》、わかるかな～」

「どうだろうね。でも、見ればわかりやすそうだったし、だいじょうぶじゃない？」

「そういえば……花は、勝手に供《そな》えてもいいものなのか？」

「ここの墓地《ぼち》は、問題ないみたいだよ」

夜遊び同盟《どうめい》は、残ったメンバー全員で、今夜、墓《はか》に花を供《そな》えにきた。

けれど、肝心《かんじん》の花は今、三人の手元にない。

なぜなら、それは。

「おーい。花、買ってきたぜー」

その声に、三人はふり向いた。

少しおくれてやってきた竜之介《りゅうのすけ》が、三人に向かって、花を持った手を大きくふった。

これで、今夜の墓参《はかまい》りのメンバーがそろった。

いづみ。楽央。千登世。竜之介。

そう、つまり――。

夜遊び同盟《どうめい》は、あれから誰《だれ》も欠けることなく、全員で【幽霊屋敷《ゆうれいやしき》予定地】を脱出《だっしゅつ》したのだ。

惨劇《さんげき》の犠牲者《ぎせいしゃ》を決めるため、楽央がカードをめくろうとした、まさにそのとき――。

バンッ……！　と。

リビングの窓《まど》から、音がした。

四人がふり向くと、カーテンを閉《し》め忘《わす》れた窓《まど》の向こうに、人影《ひとかげ》があった。

白い手のひらが二つ、ガラスに張《は》りついていた。

庭にいるその誰《だれ》かが、窓《まど》を両手でたたいたようだ。

人影《ひとかげ》は、逃《に》げるように、すぐにどこかへ行ってしまった。

暗い窓《まど》ガラスには、ロウソクをともした室内の景色が映《うつ》りこんでいて、ガラスの向こうの人影《ひとかげ》の顔は、よく見えなかった。

けれど、かすかに見えた背格好《せかっこう》に、四人は見覚えがあった。

――地下室にいた、五人目だ。

それに気づいた四人は、カードを引くのを中断《ちゅうだん》して、五人目を追った。

なぜそうしたのかは、四人にもわからなかった。

ただ、そうしなければという思いに、そのときは突《つ》き動《うご》かされていた。

「裏《うら》の庭のほうに、行ったよね？」

「なら、いづみさんの部屋の窓《まど》から、見えるかもっす！」

懐中《かいちゅう》電灯を持って、四人はいづみの使っていた和室へと向かった。

しかし、その部屋の窓《まど》から外を見ても、五人目の姿《すがた》を見つけることはできなかった。

「……ま、五人目が見つかろーが見つかるまいが、今のオレたちにゃ、関係ねーか」

竜之介がそう言って、楽央も千登世も、あきらめてリビングにもどろうとした。

が、そこで。

いづみが、夜の庭を見つめながら、口を開いた。

「なあ、みんな。……一つ、思ったんだが」

ゆっくりと三人をふり向き、かすれたささやき声で、いづみは言った。

「ひょっとして……あの五人目は、【シジマ】なんじゃないか？」

その言葉に、三人は息をのんだ。

いづみは、そう考えた理由を続けて述《の》べる。

「シジマは、夜にしか会えない怪異《かいい》……という話が、あっただろう。今日、シジマの姿《すがた》を見たのも……以前、わたしと楽央が、地下室の中からノックが返ってきたのを、聞いたのも……どちらも、夜になってからのことだ」

言われてみれば――と、ほかの三人はうなずいた。

それならば。昼間に地下室を開けたときは、そこに誰《だれ》もいなかったのも、「夜にしか会えない怪異《かいい》だから」と考えれば説明がつく。

「え、それって。シジマさんが、あたしらの呼《よ》びかけに応《こた》えて、ここに来てくれてたってことっすか？」

聞き返すも、楽央は腑《ふ》に落ちない顔をする。

この家にやってきて、二週間目に入った日の夜。

自分たちは、シジマに助けを求めた。

シジマは、神隠《かみかく》しにあった人間に手を貸《か》して、もとの世界に帰してくれる――そんな話があったから。

「だけど、イヅ。手助けなんて、結局、何もなかったよね？」

「……いや。あったのかもしれない。わたしたちが、気づけなかっただけだったのかも」

それから、四人は。

今までのあれこれを、あらためて考えてみることにした。

カレンダーを見ながら、日付と記憶《きおく》をさかのぼり。

この家で起こった出来事を、一つ一つ、思い返していった。

冷凍《れいとう》ゾンビ……ゾンビウイルスの経口《けいこう》ワクチン……停電と、ミニチュアハウス……地下室の鍵《かぎ》をめぐる騒動《そうどう》……止められない目覚まし時計……惨劇《さんげき》の計画書と、アンケート……不気味な訪問者《ほうもんしゃ》……。

そうして四人は、ある可能性《かのうせい》にたどり着いた。

さまざまな出来事の中で、ただ一つだけ、ほかとはちがうものがある。

そのことに、気づいたのだ。

「そうだ、まちがいねえ。〝あれ〟だけは、夜に起こったことだった。ほかのは、昼間にあったことだったり、昼も夜も関係なかったりだったけど——あれだけは」

「ああ。……そして、【シジマ】は夜にしか会えない怪異《かいい》。……その手助けもまた、夜だけのものだとしたら」

「〃あれ〃がじつは、シジマさんの手助けだったってことっすか？　……あっ。そ、それじゃ、もしかして！」

「そっか……！　〃あの言葉〃の意味を、ぼくたち、勘《かん》ちがいしてたのかも……！」

そこに思《おも》い至《いた》った四人は、一《いち》か八《ばち》か、行動を起こした。

電話を、かけることにしたのだ。

あの夜かかってきた電話に、今度はこっちからかけ直す形で。

メモも何も取っていなかった電話番号は、さいわい、竜之介が覚えていた。

電話機は、あのときと同じ、リビングの固定電話。

そのボタンを、竜之介の記憶《きおく》にある番号どおりに、プッシュした。

プルルルル……という呼《よ》び出《だ》し音《おん》が、数コール鳴ったあと。

それが途切《とぎ》れて、電話が向こうにつながった。


『お電話ありがとうございます。

この電話番号は、【ご遺体製造《いたいせいぞう》会社】注文受付用の番号です。

当社では、どこの誰《だれ》でもない、生前が存在《そんざい》しない人間の死体を、ご注文に合わせて一から製造《せいぞう》・お届《とど》けいたします。

ご葬儀《そうぎ》に、偽装死《ぎそうし》に、儀式《ぎしき》の供物《くもつ》に。

そのほかどんな理由でも、ご遺体《いたい》がご入《い》り用《よう》の方は、ぜひとも我《わ》が社《しゃ》をご利用ください。

——ご遺体《いたい》を、お作りいたしましょうか？』

+

四人が注文した遺体《いたい》は、日付が変わるギリギリで、【幽霊屋敷《ゆうれいやしき》予定地】に届《とど》けられた。

そうして四人は、惨劇《さんげき》に必要な条件《じょうけん》の一つである「人の死体」を手に入れた。

「事件《じけん》」のほうに関しては、ゾンビの襲撃《しゅうげき》の跡《あと》を、片《かた》づけずにそのままにしていたのが功《こう》を奏《そう》した。

荒《あ》らされた冷蔵庫《れいぞうこ》や、キッチンや廊下《ろうか》のあちこちに飛び散った、ゾンビの血。

廊下《ろうか》に散乱《さんらん》する、大量の割《わ》れた皿。

極《きわ》めつきに風呂場《ふろば》には、首を切り落とされた、なんの動物とも知れない腐《くさ》った死体。

いかにも「惨劇《さんげき》」を思わせる、そんな家の中の光景に合わせて、四人が注文した内容《ないよう》。

それは、「小動物の牙《きば》にかまれた跡《あと》がある、首のない遺体《いたい》」だった。

その遺体《いたい》を、配達員に風呂場《ふろば》まで運んでもらい、浴槽《よくそう》の横に座《すわ》らせた。

発見された遺体《いたい》と、家の中の惨状《さんじょう》から、巷《ちまた》の人々はどんな惨劇《さんげき》を思《おも》い描《えが》いて、どんな「幽霊屋敷《ゆうれいやしき》のいわく」をうわさしたのだろうか……。

もとの時代に帰ってきても、四人はそれを調べたりはしなかった。

真相を知っていると、どうしても、なんだか馬鹿《ばか》らしく思えたからだ。


「なあ。お供《そな》えの花って、これでよかったと思う？　白いやつにはしたけどさ」

目的の墓《はか》を探《さが》しながら、竜之介は、不安げにたずねた。

竜之介が花を買ってくる係になったのは、生花店が家の近くにあるからだ。けっして、花を選ぶことに慣《な》れているから、とかではない。

花を買うお金は、四人で出し合った。

そのときに、花の色は、白いものにすると決めた。

夜遊び同盟《どうめい》が、夜に供《そな》えに行く花だから。

闇《やみ》の中でも、なるべく見えやすい色にしよう、という理由だった。

「いいんじゃない？　すごく、すてきな花だよ」

「彼岸花《ひがんばな》みたいな形で、きれいっす～！　これ、なんて花なんすか？」

「ネリネ……だな」

いづみが挙げた花の名に、竜之介は「それそれ」とうなずいた。

ほどなくして、四人は広い墓地《ぼち》の中にある、目的の墓《はか》にたどり着いた。

そこには、たくさんの地蔵《じぞう》や墓石《はかいし》が、まるでピラミッドのように積み重ねられていた。

無縁塚《むえんづか》、というやつだ。

あの家で見つかった「身元不明の首のない遺体《いたい》」は、引き取り手がない無縁仏《むえんぼとけ》として、この墓地《ぼち》の無縁塚《むえんづか》に遺骨《いこつ》を納《おさ》められたらしい。

四人は、塚《つか》の前の花立てに花をさして、手を合わせた。

あの遺体《いたい》がじっさいは、どこの誰《だれ》でもない、生前の存在《そんざい》しない死体だと知っている四人にとって、それは故人《こじん》を弔《とむら》うというよりも、人形供養《くよう》のような行為《こうい》だったが。

「さ～て。それじゃあ、次は……」

花を供《そな》えて、墓地《ぼち》を出たあと。

四人が向かった先は、あの「惨劇《さんげき》」の事件現場《じけんげんば》。

今は空き家となっている、遺体《いたい》が発見された家だった。

家の裏《うら》に回って、四人はその庭に、一輪だけ残してきた花を投げ入れた。

柵《さく》も垣根《かきね》もない境界《きょうかい》を越《こ》えて、花が落ちる。

芝生《しばふ》の上で、月と街灯のわずかな明かりに照らされる、白い切り花。

それは、異質《いしつ》で目を引く光景だった。

「やっぱり、不法投棄《とうき》かなあ、これって」

「こっちのほうは、エアお供《そな》えにしたほうがよかったっすかね～？」

「花だけなんだし、そのうち土に還《かえ》るだろ。そーなりゃ証拠隠滅《しょうこいんめつ》だ」

「今から、花を拾うために庭に入ったら……それはそれで、不法侵入《しんにゅう》だな」

庭の前で、しばらくのあいだ、四人は悩《なや》んだ。

そして結局、花をそのまま置いていくことにして、空き家に向かって手を合わせた。

黙禱《もくとう》を終え、ふたたび顔を上げてから。

「あ～、そういえば」

と、楽央が言った。

「さっき、この花のこと、ちょっと調べてみたんすよ～。そしたら、この花――ネリネっ

て、いろんな花言葉があるみたいで」

「へえ、気になるね。どんなの？」

千登世に聞かれて、楽央はスマホを取り出し、さっき見たウェブページを開いた。

そこにならんだ花言葉を、一つ一つ、読み上げる。

「えっと～。『華《はな》やか』『幸せな思い出』『輝《かが》やき』……」

「ははっ。ここに供《そな》える花としちゃ、どーなんだそれ」

竜之介は、皮肉っぽく笑いをもらした。

花言葉は、まだ続く。

「『忍耐《にんたい》』『箱入《はこい》り娘《むすめ》』……」

「ふうん。……ずいぶん、変わったものもあるんだな」

いづみは、興味深《きょうみぶか》そうにつぶやいた。

「それから～……」

楽央は、スマホから顔を上げ、夜の庭へと目を向けた。

いづみも、千登世も、竜之介も、闇《やみ》の中に浮《う》かぶ白い花を見つめる。

花に呼《よ》びかけるように、楽央は、最後に残った花言葉を口にした。

「『また会う日を楽しみに』、ですって！」

エピローグ

また、声をかけられなかった。

そう思いながら、俺《おれ》は木の陰《かげ》から出ていって、遠ざかっていく四人の背中《せなか》を見つめる。

俺《おれ》がこの庭にいたことに、彼《かれ》らは気づかなかったみたいだ。

ホッとしたような、少し、残念なような。

……残念、なんて気持ちが、どうしてわいてくるんだろう？

このほうがいいのに。

人間とは、関《かか》わらないほうが。

【シジマ】として呼《よ》ばれたから、俺《おれ》はこの家に来て、彼《かれ》らに手を貸《か》すことになったけど。

でも、俺《おれ》は【怪《かい》ぬしさま】なんだから。

この町のすべての怪異《かいい》を、生かしているのは俺《おれ》なんだから。

そのことが。俺《おれ》の正体が。もし、人間に知られてしまったら。

人間たちは、怪異《かいい》を滅《ほろ》ぼすために、俺《おれ》を消そうとするかもしれない。

あるいは、それより先に……。

この町の怪異《かいい》たちが、自らの身を守るために、秘密《ひみつ》を知った人間を消すかもしれない。

そんなことは、わかってるのに。

なのに、なんで。

俺《おれ》は、彼《かれ》らにノックを返したり、彼《かれ》らの前に姿《すがた》を現《あらわ》したりしたんだろう？

彼《かれ》らに声をかけたいって、思ってしまうんだろう？

彼《かれ》ら、だから？

ほかの人間じゃなく、あの四人、だから？

わからない。覚えてない。思い出せない。

あの四人は、俺《おれ》にとって、何か特別な存在《そんざい》なんだろうか？

「あ……」

四人の姿《すがた》が、曲がり角の向こうに消えた。

あとには、誰《だれ》もいない道路の景色だけが残った。

街灯の明かりの下にあるのは、ひび割《わ》れて薄《うす》れて、ところどころ消えかけた、白い「止まれ」の文字だけだ。

うつむくと、さっき庭に投げ入れられた花が、目に留《と》まった。
俺《おれ》は、花に歩《あゆ》み寄《よ》る。
一輪の、白いネリネ。
闇《やみ》の中に浮《う》かび上《あ》がるそれを、拾い上げる。
彼《かれ》らは、俺《おれ》がここにいることなんて、知らなかった。
これは、俺《おれ》への花でもないし、花言葉に意味なんてない。
そんなことは、わかってるのに。
「また会う日を楽しみに……か」
拾ったその花を、俺《おれ》はなんだか、手放す気になれなかった。

怪《かい》ぬしさまシリーズ続編

〝検索《けんさく》してはいけない言葉〟を集めたサイト――。
ずらりとならぶキーワードのその中に、
もしも〝自分の名前〟を見つけたら……あなたなら、どうしますか？

自分の名前で検索《けんさく》　▼する
しない

2025年春発売予定。

著　地図十行路（ちずとこうろ）
ホラーは心のごちそう。異界をのぞけるような物語にときめきつつ、いろいろ読んだり書いたりしたい日々を送っている。
2014年『お近くの奇譚～カタリベと、現代民話と謎解き茶話会～』でデビュー。
既刊に「世にも奇妙な商品カタログ」シリーズ、「もしもの世界ルーレット」シリーズ（ともに角川つばさ文庫）などがある。

絵　ニナハチ
イラストレーター、マンガ家。
児童書やライトノベルの挿画、ＶＴｕｂｅｒのキャラクターデザイン、動画イラストなど、多方面で活躍中。
代表作に、マンガ『オカルトトーク！』（原作：大崎知仁）などがある。

装　　丁　川谷デザイン
校　　閲　深谷麻衣、野口高峰
（朝日新聞総合サービス 出版校閲部）
編集デスク　竹内良介
編　　集　河西久実

ナゾノベル

怪《かい》ぬしさまシリーズ

幽《ゆう》霊《れい》屋《や》敷《しき》予《よ》定《てい》地《ち》

2024年7月30日　第1刷発行

著者　地図十行路
絵　ニナハチ
発行者　片桐圭子
発行所　朝日新聞出版
〒104-8011　東京都中央区築地5-3-2
電話　03-5541-8833（編集）
03-5540-7793（販売）
印刷所　大日本印刷株式会社

ISBN 978-4-02-332343-8
定価はカバーに表示してあります。

ナゾノベル
オカルト研究会と呪われた家

ナゾノベル
オカルト研究会と幽霊トンネル